NEW HAMPSHIRE
VERMONT
MAINE
MASSACHUSETT
WISCONSIN
ESOTA
MICHIGAN
NEW YORK
RHODE ISLAND
CONNECTICUT
OWA
PENNSYLVANIA
OHIO
INDIANA
NEW JERSEY
ILLINOIS
WEST VIRGINIA
MARYLAND
VIRGINIA
DELAWARE
MISSOURI
KENTUCKY
NORTH CAROLINA
TENNESSEE
ARKANSAS
SOUTH CAROLINA
ALABAMA
GEORGIA
MISSISSIPPI
LOUISIANA
FLORIDA

dtv

*Reihe Hanser*

Erin Entrada Kelly

# Charlotte & Ben

Aus dem Englischen von
Birgitt Kollmann

dtv

Ausführliche Informationen über
unsere Autoren und Bücher
www.dtv.de

*Für Marianne*


Titel der Originalausgabe: You Go First
(Greenwillow Books, an imprint of HarperCollins Publishers, New York)

Umschlaggestaltung: Katharina Netolitzky
Gesetzt aus der Minion
Satz: Gaby Michel, Hamburg
Druck und Bindung: CPI books GmbH, Leck
Gedruckt auf säurefreiem, chlorfrei gebleichtem Papier
Printed in Germany · ISBN 978-3-423-64064-0

# MONTAG

Äquilibrium, das: *Gleichgewicht*

# Mädchen mit Limo

Nachrichten aus dem Kaninchenbau: *Kaninchen graben manchmal Löcher, in die sie hineinkriechen, um sich zu verstecken. Manchmal werden einzelne Höhlen zu einem unterirdischen Tunnelsystem ausgebaut, einer Art Labyrinth. Das nennt man Kaninchenbau.*

Die zwölfjährige Charlotte Lockard balancierte eine verschlossene Limodose der Marke *Dr Pepper* senkrecht auf der Hand. So etwa müsste es sich anfühlen, Dads Herz in der Hand zu halten, dachte sie.

Im Internet hatte sie gelesen, dass das Herz eines Erwachsenen ungefähr dreihundert Gramm wiegt.

Etwa so viel wie eine Dose *Dr Pepper*.

Sie stand ganz fasziniert vor einem beleuchteten Getränkeautomaten, bis auf einmal jemand »Darf ich mal?« sagte. Eine Frau mit grauem Haar und müden Augen stand neben ihr.

Charlotte murmelte so etwas wie eine Entschuldigung und lief dann schnell zurück in den Warteraum, wo ihre Mutter sich unaufhörlich die Nase putzte und behauptete, ihre Allergien seien daran schuld.

Normalerweise würde Charlottes Mutter ihrer Tochter nie erlauben, koffeinhaltige Limonade zu trinken, aber gerade eben war gar nichts normal.

Noch vor zwei Stunden hatte Charlotte im Biologiesaal gesessen. Als es an der Tür klopfte, kaute sie gerade am Bleistift und starrte auf das Thema der Klassenarbeit:

> Es gibt etwa fünfzehnhundert Arten von Seesternen. Sie leben vor allem in der Gezeitenzone, auch Litoral oder Wattenmeer genannt. Organismen in diesen Bereichen sind außerordentlich befähigt, unter schwierigen Bedingungen zu überleben. Beschreibe einige der Charakteristiken der Gezeitenzone im Vergleich zu der ausgedehnteren peritidalen Zone.

Charlotte hatte gerade geschrieben: »Die Gezeitenzone ist das Gebiet, das bei Ebbe trocken liegt und bei Flut überspült wird. Sie unterscheidet sich von der peritidalen Zone, dem Gebiet, das vom höchsten Flutsaum bis zur Ebbelinie reicht«, als die Lehrerin, Ms. Schneider, ihren Namen rief. Neben der großen, schlanken Ms. Schneider stand die Beratungslehrerin Ms. Khatri, die eher klein und rundlich war. Ein lebendes Gegensatzpaar. *Vergleiche und arbeite Gemeinsamkeiten und Unterschiede heraus.* Beide Frauen machten eine ernste Miene.

»Ist etwas mit meinem Vater?«, fragte Charlotte, ohne aufzustehen. Erst als sie die Blicke ihrer Mitschüler spürte, begriff sie, dass sie aufstehen und Ms. Khatri vor die Tür folgen sollte. Dort erfuhr sie, dass sie mit ihrer Vermutung recht gehabt hatte. Ihr Vater hatte am Steuer seines Wagens einen

Herzinfarkt erlitten und war gegen eine Mauer geprallt. Der Rettungswagen hatte ihn ins Krankenhaus gebracht, wo er gerade notoperiert wurde.

Jetzt stand sie hier im Krankenhaus, trank verbotene Limonade und beobachtete ihre Mutter beim Lesen von *US Weekly*, einer Zeitschrift, die sie sonst nie lesen würde. Doch sie las ja auch nicht wirklich, das wusste Charlotte – sonst hätte die Mutter nicht die Lesebrille auf den Kopf geschoben. *Die Sehkraft ist das Erste, was nachlässt, wenn man die Fünfzig überschritten hat,* sagte die Mutter oft. Charlotte wusste auch, warum das so war: Die Augenlinse wurde mit der Zeit härter und konnte deshalb nicht mehr so gut fokussieren. Das hatte Charlotte gelernt, als sie wieder mal in ihren Kaninchenbau gekrochen war – so nannte ihr Vater es, wenn Charlotte im Internet alle möglichen nutzlosen Informationen googelte und darüber völlig die Zeit vergaß.

»Bist du wieder in deinen Kaninchenbau gekrochen?«, pflegte der Vater dann zu sagen.

Charlotte nippte an ihrer Limo. Dabei starrte sie auf das Schild mit der Aufschrift WARTERAUM. Sie liebte es, aus möglichst vielen Buchstaben eines Begriffs neue Wörter zu bilden. Buchstabensalat nannte sie das. Zu *Warteraum* fielen ihr spontan *Amateur, Armatur, Mauer, Traum* und *Raute* ein.

*Raschel, raschel, raschel* – eine Seite nach der anderen blätterte Charlottes Mutter um, und bei dem Geräusch stellten sich der Tochter die Haare auf. Die Mutter war Statistikerin, und normalerweise lauerte sie über jeder Seite mit Informationen wie ein Habicht über einem Feld. Doch jetzt schlug sie die Seiten so schnell um, dass sie unmöglich auch nur ein einziges Wort lesen konnte. Sie musste sich nur beschäftigen.

»Hast du Bridget erzählt, was passiert ist?«, fragte sie jetzt.

»Ja.« Bridget war Charlottes beste Freundin. Natürlich hatte sie es ihr gesagt.

Charlotte ließ sich auf ihren Stuhl sinken und starrte einen weggeworfenen Strohhalm am Boden an.

»Wie lange dauert es noch, bis Dad aus dem Operationssaal kommt?«, fragte sie.

»Ich weiß nicht.« Die Mutter warf einen Blick auf die Wanduhr. »Nicht mehr lange, hoffentlich.«

Charlotte war auf alles gefasst. Im Vorjahr, als man ihrem Vater einen Stent ins Herz gesetzt hatte, war sie in ihren Kaninchenbau gekrochen und hatte sich zwei Stunden lang Videos von Transplantationen und Operationen am offenen Herzen angeschaut. Sie wusste, was in diesem Moment geschah. Er war an eine Herz-Lungen-Maschine angeschlossen. Vermutlich hatten sie sein Herz schon angehalten, um es operieren zu können.

Mit ein paar großen Schlucken leerte Charlotte ihre Limo und machte sich dann auf den Weg zur Toilette. Bloß weg von diesem Geraschel.

»Hast du dir auch gründlich die Hände gewaschen?«, fragte ihre Mutter, als Charlotte zurückkam. »In einem Krankenhaus schwirren Millionen Keime herum.«

Charlotte antwortete nicht, sondern rollte nur unauffällig mit den Augen. Als hätte sie noch nie vom *Acinetobacter baumannii* gehört, einem multiresistenten Keim, von dem es auf Bettgestellen, Essenswagen und Fußböden nur so wimmelte.

Als wüsste sie nicht, dass dieser Keim besonders langlebig war und sich in etwa jedem zweiten Krankenzimmer befand. Als wäre ihr nicht klar, dass diese Keime opportunistische Parasiten waren, die gezielt Jagd auf Menschen machten, deren Immunsystem geschwächt war.

»Meinst du, wir können zu ihm, wenn er im Aufwachraum ist?«, fragte sie ihre Mutter.

»Wenn alles gut geht. Der Arzt sagte mir vorhin, Kinder ab zwölf dürfen mit in den Aufwachraum und auf die Intensivstation. Da hast du Glück gehabt.«

Charlotte wollte wieder nach dem Strohhalm am Boden schauen, doch er war nicht mehr da. Hatte jemand ihn aufgehoben, während sie auf der Toilette war?

Stattdessen konzentrierte sie sich auf den Teppichboden.

»Hast du gewusst, dass auch Seesterne Herzen haben?«, fragte sie. »Das Herz eines Menschen kann hundertmal die Minute schlagen, das eines Seesterns nur sechsmal.«

Die Mutter zögerte, ehe sie antwortete. »Das wusste ich nicht. Also das mit den Seesternen.«

»Sie gehören zum Stamm der Stachelhäuter. Wir sezieren demnächst einen in Bio.«

*Raschel, raschel, raschel.* Das Teppichmuster bestand aus lauter Sechsecken.

Die Summe der Innenwinkel jedes Sechsecks betrug siebenhundertzwanzig Grad.

Charlotte fixierte die Innenwinkel, bis sie sich vor ihren Augen fast auflösten.

## Das Leben aus Bens Sicht
## Teil I

Der elfjährige Benjamin Boxer hatte vor drei Monaten sein neues Handy bekommen, und seitdem hatte er rund vierhundert Partien Scrabble online gespielt. Die ganze Zeit verfolgte er mit fieberhaftem Eifer nur ein Ziel: seine Rivalin – ein zwölfjähriges Mädchen namens Lottie Lock – vom Thron zu stürzen und selbst die Nummer eins in der Rangliste, dem *Leaderboard,* zu werden. Lottie und er hatten sich über ein Scrabble-Forum kennengelernt, das speziell für jüngere Schülerinnen und Schüler eingerichtet war. Doch als Lottie in die Mittelstufe kam, verlor sie den Zugang dazu, und so beschlossen die beiden, direkt gegeneinander zu spielen, sozusagen im Nahkampf. Doch auch wenn sie nur noch in dieser Zweiergruppe spielten, wurden ihre Ergebnisse weiter in der allgemeinen Liste geführt, und bisher hatte Lottie ihn stets abgehängt.

Doch es war eine freundschaftliche Rivalität. Über den Sommer hatten sie Dutzende von SMS ausgetauscht – *So was nennst du ein Spiel?! – Tut mir so leid / kein bisschen leid, dass ich dich geschlagen hab / Mach dich auf meine massive Rache gefasst.* Doch sie lobten sich auch gegenseitig für geschickte Spielzüge, zum Beispiel einmal, als Ben EIS gelegt und Lotti mit dem Anschlusszug AMEISE gewonnen hatte. Sie waren also nicht gerade Superman und Lex Luthor, aber trotzdem …

Ben fand es gut, eine Gegenspielerin zu haben, und er war fest entschlossen, auf Platz eins aufzusteigen. Als Nutzernamen wählte er »Ben Boot«, eine Verneigung vor Harry Potters Mitschüler Terry Boot aus dem Haus Ravenclaw, einem etwas obskuren Mitglied von Dumbledores Armee. Dann, an einem Tag im September, keine halbe Stunde nach Schulschluss, geschah das Undenkbare. (Genau genommen war es vollkommen denkbar, aber Ben hatte nicht damit gerechnet, wenigstens nicht so bald.) Aus irgendeinem Grunde hatte Lottie ihren Spielzug in der vorgegebenen Zeit verpasst, und Ben Boxer war auf den ersten Platz vorgerückt, mit dem Wort LORBEER. Ausgerechnet!

Sofort machte Ben einen Screenshot und flitzte aus dem Zimmer, durch den Flur und in die Küche, um die freudige Nachricht mit seinen Eltern zu teilen, die beide – anscheinend durch einen glücklichen Zufall – an diesem Tag freihatten. Bestimmt würden sie ihn auf ihren Schultern durch die Nachbarschaft tragen. Zumindest gedanklich.

Zum Glück standen seine Eltern schon Seite an Seite, was wiederum etwas seltsam war, denn sie flüsterten miteinander, und seine Mutter trank Kaffee, obwohl es drei Uhr nachmittags war. Außerdem machten beide, bis sie ihn bemerkten, sehr ernste Mienen. Wie auf Knopfdruck verwandelte sich ihr Gesichtsausdruck in etwas noch viel Beunruhigenderes: gespielte Heiterkeit.

»Ben«, sagte seine Mutter, so als wäre er ein lange verschollener naher Verwandter, der zu einem gemütlichen Abendessen erschienen war.

»Mein Junge«, sagte sein Vater. »Wir wollen dir etwas mitteilen.«

Irgendetwas stimmte hier nicht.

»Wir wollten dich gerade hereinrufen«, sagte seine Mutter. Sein Vater nickte.

Ben blickte von seiner Mutter zu seinem Vater, dann setzte er sich an die Kücheninsel und legte sein Handy ab, mit dem Bildschirm nach unten. Offenbar musste die freudige Nachricht erst einmal warten.

Diesen Gesichtsausdruck kannte er gar nicht an seinen Eltern – also musste die »Mitteilung« wohl wirklich wichtig sein. Eigentlich konnte es sich nur um eines handeln, dachte Ben: Sie würden dem provinziellen Louisiana entkommen und nach Michigan ziehen, dorthin, wo Mr. und Mrs. Boxer studiert hatten. Ständig sprachen sie davon, dass sie dorthin zurückwollten. Wann immer das Thema aufkam, stellte Ben sich vor, wie er Schneemänner baute, wie er mit großen Schritten durch die Gänge einer neuen Schule spazierte oder zusah, wie sich im Herbst das Laub färbte. Oder sogar wie er Berge bestieg. So sehr sehnte er sich danach, die Sümpfe Louisianas mit ihrer Hitze und ihrer stickigen Luft zu verlassen und in jenes magische Wunderland zu ziehen, das Ann Arbor hieß und in Michigan lag. Er war noch nie in Ann Arbor gewesen. Nicht einmal in Michigan, aber alles musste besser sein als Lanester in Louisiana.

Ben setzte sich auf seine Hände, um nicht vom Stuhl zu

rutschen. Auf einmal fühlte er sich so zappelig. Erst der Scrabble-Sieg, jetzt noch die bevorstehende Ankündigung, das war alles zu viel für seine Nerven. In Gedanken packte er schon mal den Koffer, begann ein neues Spiel mit Lottie und atmete den unbekannten Geruch seiner neuen Schule ein, während seine Eltern auf der anderen Seite der Insel noch dichter aneinanderrückten.

Beide fingen gleichzeitig zu sprechen an, hörten gleichzeitig wieder auf.

Bens Vater räusperte sich.

»Du zuerst, Delia«, sagte er.

Bens Mutter schaute in ihren Kaffeebecher. »Dein Vater und ich …«, begann sie.

*… haben beschlossen, dass es Zeit wird für einen Umzug.*

*… wollen endlich unsere Michigan-Pläne in die Tat umsetzen.*

*… sind dieses Kleinstadtleben endgültig leid.*

»… wir wollen uns scheiden lassen.«

Die Küche schwoll an und verschluckte Ben, während er weiter auf seinen Händen saß.

Er schwankte auf seinem Stuhl. Er musste sich verhört haben. Zum einen hatte seine Mutter es zu ihrem Kaffee gesagt, nicht zu ihm. Zum anderen ergab das doch keinen Sinn. Andere Eltern ließen sich scheiden, aber doch nicht seine. Mr. Boxer und Mrs. Boxer waren *Mr. und Mrs. Boxer*. Beide waren groß, schlank und dunkelhaarig. Beide waren exzellente Chemiker. Beide arbeiteten in Chemieunternehmen. Sie waren gleich alt. Waren auf dasselbe College gegangen. Sie brüllten sich nicht an, schlugen sich nicht, stritten sich nicht, jedenfalls hatte Ben nie so etwas mitbekommen, dabei war er immer zu Hause, wenn er nicht in der Schule war. Ben hatte wenig Ahnung von diesen Liebesdingen – genau genommen überhaupt keine –, doch er war sich sicher, dass seine Eltern nicht zu den Paaren zählten, die sich scheiden ließen.

Er steckte sich beide Finger gleichzeitig in die Ohren und wackelte mit ihnen herum, so als wollte er den Gehörgang von Schmalz und anderen störenden Dingen befreien.

»Ich glaube, ich habe mich verhört«, sagte er.

Doch das hatte er natürlich nicht. Trotzdem, es war nicht logisch, und Ben lebte in einer Welt, in der alles logisch zu sein hatte: Zu jeder nicht-negativen Zahl gehörte eine einzige nicht-negative Quadratwurzel, E war in vielen Sprachen der häufigste Buchstabe, Cookie Dough seine liebste Eissorte, und Delia und Stephen Boxer gehörten nicht zu den Leuten, die sich scheiden ließen.

»Nein«, sagte seine Mutter leise.

Jetzt blickte sie endlich auf, und da wusste er, dass sie die Wahrheit gesagt hatte.

Er hatte richtig gehört.

»Aber«, sagte Ben. Mehr kam nicht. Nur dieses Aber.

»Ich weiß, das kannst du jetzt noch nicht verstehen«, sagte sein Vater. »Aber es ist nun mal so – auch in Beziehungen findet im Laufe der Zeit eine gewisse Evolution statt.«

Nein! Das stimmte doch gar nicht! Evolution? Das war die allmähliche Veränderung der vererbbaren Merkmale einer Population im Laufe von Millionen Jahren im Zusammenspiel mit der Umgebung. Die unterschiedlichen Schnäbel von Finken auf den Galapagos-Inseln: Evolution. Aber das hier, das hatte mit Evolution gar nichts zu tun. Das hier war das genaue Gegenteil von Evolution.

Moment – was wäre denn das Gegenteil von Evolution?

Bens gut geöltes, sonst so scharfes Gehirn war nur noch ein Haufen Matsch. Er konnte nicht klar denken. Hier lief gerade alles verkehrt. Was war mit Ann Arbor? Wann hatte diese angebliche Evolution stattgefunden? Erst letzte Woche hatten sie doch noch zu dritt diese Castingshow im Fernsehen angeschaut, und jeder hatte die Auftritte der Bewerber beurteilt. Bens Vater hatte eine große Schüssel Popcorn mit Butter gemacht, und Ben hatte gedacht: Wir sind wirklich eine typisch amerikanische Familie – wir gucken zusammen Reality TV und essen Popcorn dazu.

Fast hätte er es an dem Abend laut gesagt. Aber nur fast.

Vielleicht hätte er's tun sollen.

Oder war die Entscheidung da längst gefallen?

Bestimmt. Man beschließt doch nicht innerhalb einer Woche, dass man sich scheiden lässt. Oder?

Seine Eltern sahen ihn beide erwartungsvoll an, dabei waren sie doch diejenigen, die etwas sagen sollten. Oder?

Das Gegenteil von Evolution – was war das?

»Dein Vater zieht in eine eigene Wohnung, aber wir beide bleiben hier«, sagte seine Mutter. Mit den Händen umklammerte sie noch immer den Kaffeebecher so fest, dass die Knöchel weiß hervortraten. »Wir bleiben weiterhin eine Familie, Ben. Wir werden nur an verschiedenen Orten leben. Wann immer du mit deinem Vater reden oder ihn besuchen willst, kannst du das tun.«

Moment – sein Vater hatte eine Wohnung?

Seit wann das denn?

*Ich hätte besser aufpassen müssen*, dachte Ben. *Ich war nicht achtsam genug.*

»Ich weiß, das ist jetzt ein bisschen viel, was du da verarbeiten musst«, fügte sein Vater hinzu. »Aber wir werden alle deine Fragen beantworten. Wenn es etwas gibt, was du uns sagen möchtest – nur heraus damit. Du kannst ganz offen sprechen, das weißt du.«

*Offen sprechen.*

Ben öffnete den Mund, der inzwischen nur noch ein großes, trockenes, klaffendes Loch war. Luft kam da weder herein noch heraus.

»Ich«, sagte Ben, so als wäre das ein vollständiger Satz.

Noch ein Versuch: »Ich.«

Er sah seinen Vater an. Starrte auf die weißen Knöchel seiner Mutter. Sein Herz rutschte auf den Küchenboden und verschwand in den Fliesen.

»Ich steh jetzt auf Platz eins der Rangliste«, sagte Ben.

## Seesterne

Nachrichten aus dem Kaninchenbau: *Die lebenswichtigen Organe der Seesterne befinden sich in den Armen. Wenn sie einen Arm verlieren, wächst er nach. Nach einer Verletzung können sie also zu etwas Neuem werden. Auch Eidechsen können sich regenerieren. Ganz allgemein gehören Reptilien zu den widerstandsfähigsten Lebewesen überhaupt.*

Charlotte war ganz aufgeregt bei dem Gedanken daran, dass sie bald einen Seestern sezieren würde. Das Projekt hatte sie schon in mehrere Kaninchenlöcher geführt – vom Seestern zu den wirbellosen Meerestieren und weiter zu den Seeanemonen, bis sie schließlich zur Fossilienüberlieferung gelangte. Doch als sie jetzt ihrer Mutter zum Aufwachraum folgte und ihr Herz im Takt mit ihren dröhnenden Schritten klopfte, setzte sich ein Bild in Charlottes Kopf fest, das sie nicht wieder loswurde, auch wenn sie ihn noch so fest schüttelte. Dieses Bild setzte sich zusammen aus dem Seestern, einem Skalpell und ihrer Hand an beidem. Auf einmal war der Seestern verschwunden. Stattdessen sah sie ihren Vater.

»Charlotte?« Die Mutter hatte gemerkt, dass ihre Tochter ihr nicht mehr durch den nüchternen Krankenhausflur folgte. Jetzt drehte sie sich um und sah Charlotte fragend an. Charlotte war es gar nicht aufgefallen, dass sie stehen geblieben war. Ihre Mutter und der Chirurg Dr. Ansai waren ihr bereits mehrere Schritte voraus.

»Ist alles in Ordnung?«

Charlotte merkte auf einmal, dass ihr die Stimme versagte.

Erst in der vergangenen Woche hatte sie ihrem Vater von dem Seestern erzählt, den sie sezieren würden. Wie gespannt sie schon war, hatte sie gesagt, und dass sie im Laufe des Jahres auch Frösche und Regenwürmer sezieren würden.

»Klingt gruselig«, hatte er gesagt. Gar nicht mal unfreundlich. Einfach nur interessiert. »Deine linke Gehirnhälfte hast du offenbar von deiner Mutter geerbt.«

Charlotte hatte ihm sagen wollen, dass die Gegenüberstellung von rechter und linker Gehirnhälfte ein Mythos war – in Wirklichkeit arbeiteten beide Hälften eng zusammen, wie ein Team. Für Mathe und Naturwissenschaften war nicht allein die linke Hälfte zuständig, genauso wenig wie Kreativität und Kommunikation ausschließlich von der rechten gesteuert wurden. Deshalb konnte man auch nicht zwischen rechtslastigen und linkslastigen Gehirnnutzern unterscheiden. Alle Menschen waren denkende Menschen.

Aber das wäre für ihn nur ein weiterer Beweis für seine Behauptung gewesen, also hatte sie weiter von Seesternen erzählt, und von diesen Meerestieren war ihr Vater nach und nach auf Seelandschaften zu sprechen gekommen – vor allem auf solche, die ein Maler namens Gauguin gemalt hatte.

Als sie noch ein kleines Mädchen gewesen war, hatte er sie einmal ins Kunstmuseum von Philadelphia mitgenommen, um ihr ein Gemälde von Gauguin zu zeigen. Sie erinnerte sich nicht mehr an den Titel. Irgendwas mit Trauben. *Trauben in Frankreich?* So ähnlich.

»Gleich wirst du's selber sehen, Charlotte«, hatte er gesagt und dabei übers ganze Gesicht gestrahlt.

Als sie dann vor dem Bild standen, schaute er es so lange an, als wollte er mit dem Bild verschmelzen. Zwei Frauen – oder drei? – waren darauf zu sehen. Auch Charlotte hatte sich die Augen ausgeguckt, aber irgendwann hatte sie sich gefragt: *Ja und? Was ist jetzt so toll daran?* Sie hatte sich mit dem rechten Fuß am linken Bein gekratzt, dann war sie von einem Bein aufs andere getreten. Schließlich hatte sie gefragt, wann sie wieder nach Hause gehen würden. Als sie endlich zurück in ihrem Zimmer war, hatte sie sich gefragt, ob sie vielleicht in die falsche Familie hineingeboren war.

Sie stellte sich gerne vor, sie und Bridget könnten einfach die Familien tauschen. Bridget liebte Kunst, genau wie Charlottes Vater. Sie wollte sogar selbst Künstlerin werden. Also stellte Charlotte sich vor, wie es wäre, wenn Bridget Lockard hieße und sie selbst MacCauley. Sie könnte mit Sergeant spielen, dem Hund der MacCauleys, und müsste sich nichts mehr über diesen Gauguin anhören.

*Klingt gruselig,* hatte der Vater gesagt.

Und jetzt lag er auf der anderen Seite der Krankenhauswand.

Frisch operiert.

Charlotte bekam Gänsehaut an den Armen.

Mrs. Lockard bat den Arzt, einen Moment zu warten, und ging zu Charlotte zurück.

»Möchtest du hier draußen warten?«, fragte sie. »Du musst nicht mit reingehen.«

»Aber …« Charlotte stockte.

»Aber was?«

»Aber wenn er nach mir fragt?«

»Vermutlich ist er ohnehin noch im Halbschlaf«, antwortete Mrs. Lockard. »Und falls er doch fragt, sage ich ihm, ich hätte dich gebeten, draußen zu warten. Okay?«

Einen Moment lang schwieg Charlotte, dann nickte sie.

Als ihre Mutter und Dr. Ansai schon nicht mehr zu sehen waren, stand Charlotte noch immer mitten im Flur und starrte auf die Tür.

## Das Leben aus Bens Sicht Teil II

Das Gegenteil von Evolution ist Devolution. Das heißt, komplexe Arten entwickeln sich zu simpleren Grundformen zurück. Die These war umstritten, traf aber perfekt auf Bens Eltern zu. Ursprünglich waren sie Singles gewesen. Simple Individuen. Dann heirateten sie und wurden zu einer komplexeren Einheit. Jetzt entwickelten sie sich gerade zurück, regredierten zu ihrer simpleren Form. Die Familie löste sich auf. Zurück blieben drei Einzelwesen.

Ben streckte sich auf seiner Ravenclaw-Decke aus. Zum ersten Mal seit – ja, seit wann eigentlich? – war seine Zimmertür verschlossen. Vielleicht zum ersten Mal überhaupt. Sein Handy lag auf seiner Brust. Spontan hatte er den Wunsch verspürt, jemanden anzurufen. Das machte man doch so, wenn es schlechte Nachrichten gab, oder? Man ruft einen Freund an, und schon geht es einem besser. Der Freund beruhigt dich, sagt, dass alles wieder gut wird. *Ich habe das selbst erlebt,* sagt er. Aber als Ben die Liste seiner Kontakte runterscrollte, wurde ihm klar, dass es nur zwei Menschen gab, mit denen er regelmäßig sprach: seine Eltern.

In der Grundschule hatte er noch Adam und Kyle gehabt. So richtige Freunde waren das zwar nicht gewesen, aber sie aßen mittags zusammen, und manchmal redeten sie vor oder nach der Schule noch ein bisschen. Sie hatten sich nie gegenseitig zu Hause besucht oder so, aber Adam und Kyle lasen beide gern und störten sich nicht daran, wenn Ben sich ohne Ende über *Harry Potter* oder *Der Herr der Ringe* ausließ, auch wenn die drei bei diesen Themen selten einer Meinung waren. Sein schlimmstes Erlebnis zu der Zeit war, als er Sherry Bertrand dabei erwischt hatte, wie sie beim Diktat bei Kyle abschrieb. Ben hatte es der Lehrerin gesagt, Sherry bekam ein Ungenügend und musste von ihren Eltern abgeholt werden. Sicher, ein schlechtes Gewissen hatte er schon gehabt, als Sherry weinend die Klasse verließ, vielleicht war er auch tatsächlich die Petze, für die die anderen Kinder – auch Kyle – ihn danach hielten, aber es war einfach nicht in Ordnung, dass Sherry sich die richtigen Antworten so mühelos beschaffte, während alle anderen stundenlang dafür gepaukt hatten. Na ja, alle außer Ben. Er musste ein Wort nur hören, dann wusste er normalerweise, wie es geschrieben wurde. Trotzdem.

All das schien eine Million Jahre her zu sein. Die Lanester Elementary war nur eine von mehreren Grundschulen, deren Schüler später auf die Lanester Middle School wechselten, und Adam und Kyle waren für Ben irgendwo in der Menge untergegangen. Abgesehen davon waren sie nicht gerade die Art Freunde, die man anrief, um von der Trennung der Eltern zu berichten.

Blieb nur eine: Lottie.

»Lächerlich!«, sagte er laut zur Zimmerdecke.

Wo gab es denn so was – Elfjährige, die niemanden hatten, den sie anrufen konnten, wenn es große Neuigkeiten gab?

Wenn er zum Beispiel im Lotto gewinnen würde? Was dann? Wen würde er dann anrufen? Kein Mensch würde ihm gratulieren. Seine Großeltern lebten im Mittleren Westen der USA, und er sah sie auch nur an Weihnachten. (Apropos Weihnachten – wie würde das in Zukunft aussehen?)

Oder wenn er eines Tages den Nobelpreis verliehen bekäme – wem sollte er dann davon erzählen?

Devolution. Vielleicht traf das ja auch auf sein eigenes Leben zu: Nach und nach würde er sich zurückentwickeln von einem Jungen mit zwei Eltern und zwei Fast-Freunden zu einem Jungen ohne Eltern und ganz ohne Freunde. Vielleicht würde er eines Tages ein Leben als brillanter Einsiedler führen, fernab der Zivilisation, allein mit seinem Gehirn, ohne alle Annehmlichkeiten des modernen Lebens. In der Wildnis von Ann Arbor (falls es da eine Wildnis gab) würde er in einer Einzimmerhütte komplexe mathematische Probleme lösen. Er würde sich einen Hund zulegen und ihn Snape nennen. Oder Professor McGonagall, falls es ein Weibchen war. Er und Professor McGonagall würden zwei Meilen in die Stadt laufen müssen, um seine Eltern von einem öffentlichen Telefon aus anzurufen. *Ihr seid ja nie nach Michigan zurückgezogen, also musste ich das tun,* würde er ihnen sagen. Allerdings würde er zwei Ferngespräche statt einem führen müssen, und woher sollte er überhaupt das Geld nehmen?

Das Leben war so kompliziert.

Ben nahm sein Handy, um Lottie eine SMS zu schreiben.

Glaubst du, unsere Generation macht sich zu abhängig von digitaler Kommunikation?

Noch nie drüber nachgedacht. Wieso fragst du?

Mir ist eben klar geworden, dass unsere Sprache sich in den letzten Jahren zurückentwickelt hat, weil wir uns zu sehr auf digitale Kommunikation verlassen. Über Handys, soziale Medien usw. Wir beide nutzen zwar keine sozialen Medien, weil wir wissen, wie viel Zeit das stiehlt und dass unsere schulischen Leistungen darunter leiden würden. Trotzdem verbringen wir viel Zeit mit unseren Smartphones, schreiben SMS und spielen Scrabble. Vielleicht sollten wir versuchen, unsere Wettkampfbeziehung weiterzuentwickeln, auch wenn du in Pennsylvania wohnst und ich in Niemandhausen. Trotz der tausend plus Meilen zwischen uns könnten wir doch auch direkt kommunizieren, statt uns auf die virtuellen Möglichkeiten zu beschränken. Was meinst du?

...

Noch da?

Hmhm ...

Magst du telefonieren?

Okay

Ben setzte sich in seinem Bett auf, atmete tief durch und wählte Lotties Nummer, ohne noch lange zu überlegen. Sonst hätte er wahrscheinlich gedacht: Das ist das erste Mal, dass ich ein Mädchen anrufe. Oder: Gleich rede ich mit einer Siebtklässlerin, die ich noch nie gesehen habe.

Sie meldete sich sofort.

»Hallo?«

»Hi«, sagte Ben. »Ich bin's, Ben.«

»Dachte ich mir.«

»Also …« Ben zupfte einen Faden aus seiner Bettdecke. Was seine Eltern wohl gerade machten? Ob sie noch immer in der Küche standen?

»Also.«

Über alles hatte er mit ihr sprechen wollen. Über die Ankündigung seiner Eltern. Seine Theorie, dass seine Eltern sich zurückentwickelten. Seine Idee, ein brillanter Einsiedler zu werden – und vielleicht sogar über seine Sorge, niemanden zu haben, den er anrufen könnte, wenn er einen Sechser im Lotto hätte oder den Nobelpreis erhielte. Doch jetzt, wo sie tatsächlich am anderen Ende der Leitung war, blieben ihm die vielen Worte im Hals stecken. Für ein erstes Telefongespräch kam es ihm auf einmal doch wie ziemlich viel Ballast vor, den er bei ihr hatte abladen wollen.

»Was machst du so?«, fragte er. Es hörte sich so an, als wäre sie in irgendeinem großen, offenen Raum, einer Bibliothek vielleicht.

»Hm, nichts. Ich sitze bloß so rum.«

»Und davor? Hattest du viel zu tun?«

»Nein.«

»Ich auch nicht.«

»Warum wolltest du dann telefonieren?«

»Also, da war was, was ich dir sagen wollte.«

»Wirklich? Was denn?«

Einmal war er mit seinen Eltern am Grand Canyon gewesen, damals war er in die dritte oder vierte Klasse gegangen. Seite an Seite hatten sie dagestanden und in die gewaltige Schlucht hinuntergeschaut. Keiner von ihnen hatte ein Wort gesagt. Es hatte sich so angefühlt, als wäre der Himmel Millionen Meilen weit und sie stünden davor, am Rand einer Klippe. Sie waren mit dem Auto seiner Eltern hingefahren und hatten die meiste Zeit gesungen, bis ihnen keine Lieder mehr einfielen. Dann hatten sie sich zurückgelehnt und zugeschaut, wie die Welt an ihnen vorüberzog. Auf dem Rückweg hatten sie ein Hörbuch gehört. *Die Brücke nach Terabithia.*

An diese Reise musste Ben auf einmal denken. Die Erinnerung traf ihn ganz plötzlich, wie ein Schlag ins Gesicht. Tränen traten ihm in die Augen.

*Du kannst ganz offen sprechen*, hatte sein Vater gesagt.

Lottie schwieg. Ben hörte etwas vom anderen Ende der Leitung, es klang wie eine Ankündigung über Lautsprecher. Möglich, dass Lottie an einem Bahnhof stand. Er wünschte, er selbst wäre gerade an einem Bahnhof, denn das würde bedeuten, dass er irgendwohin unterwegs war. Egal wohin.

»Ich«, sagte er jetzt. Zurück zu seinen Einwortsätzen.

Nach einer langen Pause fragte Lottie: »Bist du noch da?«

»Ja.« Plötzlich strömten die Worte aus seinem Mund. Wo kamen sie auf einmal her? Ben wusste es nicht. »Ich kandidiere bei den Wahlen zum Schülerparlament.«

Jeden Tag war er in der Schule an den Plakaten vorbeigelaufen – EROBERT DAS SCHÜLERPARLAMENT! MELDET EURE KANDIDATUR AN! NOCH HEUTE! IHR KÖNNT ETWAS BEWIRKEN! –, und jedes Mal hatte er gedacht: Ja, warum eigentlich nicht? Genauso schnell hatte er den Gedanken aber auch wieder vergessen. Doch anscheinend hatte der die ganze Zeit irgendwo in seinem Gehirn gekauert.

»Toll!«, sagte Lottie. »Viel Glück!«

»Danke«, antwortete Ben. »Das war's dann wohl für heute. Es sei denn, du hast auch irgendwelche großen Neuigkeiten zu verkünden?«

Lottie zögerte, dann sagte sie: »Ich werde bald einen Seestern sezieren.«

»Klingt spannend.«

»Finde ich auch.«

»Okay, gut. Bis ein andermal?«

»Ja. Bis ein andermal.«

Nachdem sie aufgelegt hatten, checkte Ben seine Anrufliste. Da war sie: Lottie Lock.

*Jetzt habe ich jemanden, den ich anrufen kann, wenn ich einen Sechser im Lotto habe.*

## Schlicht und einfach

Nachrichten aus dem Kaninchenbau: *Studien zeigen, dass unser Gehirn auf den Klang unseres eigenen Namens anders reagiert als auf jedes sonstige gesprochene Wort. In den USA sind gut 5160 Vornamen im Gebrauch. Und 275 000 Menschen in den USA heißen Charlotte.*

Manche Menschen haben ganz selbstverständlich einen Spitznamen. Niko. Mimi. Shonda.

Hingegen gab es Elizabeths oder Madisons, die nie zu Lizzies oder Maddies wurden. So war das nun mal, auch wenn Charlotte es nicht verstand. In ihrer Grundschulklasse hatte es eine Mitschülerin mit Namen Nicole Rodríguez gegeben. Irgendwann fingen andere an, sie Nikki zu nennen, einfach so. »Kannst du mir mal einen Stift leihen, Nikki? Sag mal, Nikki, lässt du mich die Hausaufgaben abschreiben?« Das geschah nach und nach, wie das eben so war mit Spitznamen. Sie schlichen sich ein, und mit einem Mal – *peng* – hatte man seinen Zweitnamen weg, den aber nur bestimmte Leute kannten.

Spitznamen waren etwas sehr Persönliches. Wenn man

Freunde hatte, die einen damit anredeten, dann hieß das, diese Freunde kannten einen wirklich. Doch Nikki stand eines Tages mitten im Unterricht auf und brüllte: »Ich heiße Nicole! Nicole!« Alle starrten sie mit offenem Mund an. Charlotte konnte es einfach nicht glauben. Wer verzichtete denn freiwillig auf einen Spitznamen, der völlig okay war?

Sie selbst hätte liebend gern einen gehabt. Einen Namen, den nur ihre Freunde benutzt hätten.

Allerdings hatte sie nicht gerade viele Freunde.

Sie hatte nur Bridget.

»Nichts in der Welt hat für dich denselben Klang wie dein Name«, hatte Charlottes Vater einmal gesagt. »Sorg also dafür, dass andere dich so nennen, wie es dir gefällt.«

Aber Charlotte wollte gar nicht Charlotte genannt werden. Charlie oder Lottie, so etwas hätte ihr viel besser gefallen. Sie hätte sich gefreut, wenn jemand sich vorgebeugt und gefragt hätte: »Kannst du mir mal einen Stift leihen, Lottie?« Oder: »Sag mal, Charlie, lässt du mich die Hausaufgaben abschreiben?« Aber das passierte nie.

Sie war Charlotte, schlicht und einfach.

Außer wenn sie Scrabble spielte. Dann war sie Lottie Lock.

Ihre beste Freundin wurde von manchen Bridge genannt, aber Bridget war das egal. So oder so mochte sie ihren Namen nicht. Bridget MacCauley hörte sich ihrer Meinung nach viel zu bieder an. Als Drittklässlerinnen hatten sie mal einen Namenstausch probiert, aber in weniger als vierundzwanzig Stunden hatten sie eingesehen: Egal wie weit man vor seinem Namen wegrannte, er holte einen immer wieder ein.

Sogar Bridgets Vater hatte einen Spitznamen, Mac. So wurde er von den meisten Menschen genannt, auch von Bridget. Sie fand es erwachsener, wenn man seine Eltern bei ihren Namen nannte. Allerdings redete sie sie nie direkt so an.

»Mac und meine Mutter machen mich noch wahnsinnig«, sagte sie gerade.

Charlottes Mutter hatte ihre Tochter nach Hause gefahren und war gleich wieder ins Krankenhaus zurückgekehrt. Deshalb war Bridget rübergekommen. Sie und Charlotte gingen in den Garten der Lockards. Charlotte war froh, wieder zu Hause zu sein, fern von den weiß gekachelten Wänden im Krankenhaus und dem Geruch von Medikamenten. Und über noch etwas war sie froh: Ihre Mutter hatte ihr nicht das Gefühl gegeben, keine gute Tochter zu sein, nur weil sie nicht mitwollte ins Zimmer des Vaters.

»Vielleicht morgen«, hatte die Mutter gesagt.

Bridget gähnte, während die beiden Mädchen zu der niedrigen Steinmauer beim Birnbaum liefen, die die aneinandergrenzenden Gärten der Lockards und der Riveras trennte. Mit einem kleinen Sprung saß man oben auf der Mauer und konnte ein Bein hinunterbaumeln lassen. Genau das taten Charlotte und Bridget jetzt. Wie zwei Bilder, bei denen man Gemeinsamkeiten und Unterschiede entdecken soll, befanden sie sich einander gegenüber. Bridget hatte dickes kastanienbraunes Haar und perfekt platzierte Sommersprossen im Gesicht, die sie eher älter als jünger aussehen ließen. Charlotte wirkte größer, als sie tatsächlich war, was daran lag, dass sie so mager war. Bridgets Körper hatte weichere Formen, während Charlotte eher eckig gebaut war. Charlotte trug noch ihre Sneakers vom letzten Jahr, während Bridget jeweils zu Beginn des neuen Schuljahres komplett neu eingekleidet wurde. Charlotte hatte gestaunt, wie viele neue Klamotten Bridget bekommen hatte, und Bridget hatte sich gewundert, dass Charlotte weiter ihre alten Sachen trug.

In letzter Zeit gab es auf beiden Seiten reichlich Grund, sich zu wundern.

Bridget streckte einen ihrer langen, schlanken Arme nach einem überhängenden Ast aus und pflückte sich eine Birne.

»Jetzt krieg ich wegen dir Ärger mit meiner Mutter«, sagte Charlotte. Mrs. Lockard mochte es gar nicht, wenn sie Birnen pflückten, bevor sie reif waren.

»Ist doch bloß eine Birne.« Bridget verdrehte die Augen. »Deine Mutter ist echt altmodisch.«

Was Bridget eigentlich sagen wollte, war, dass sie Charlottes Mutter alt fand. Damit hatte sie durchaus recht – Charlottes Eltern waren fast so alt wie Bridgets Großeltern. Doch dass Charlotte wegen der geklauten Birne Ärger bekommen würde, hatte nichts mit dem Alter der Mutter zu tun.

Bridget ließ das anscheinend kalt; sie warf die Birne in die Luft und fing sie wieder auf. »Ich kann's noch immer nicht glauben, dass dein Vater einen Herzinfarkt hatte«, sagte sie dann. »Wieso durftest du denn nicht zu ihm?«

Charlotte schaute hinunter und räusperte sich. *Ich habe mich nicht getraut reinzugehen. Ich wusste nicht, was ich zu ihm sagen sollte. Bin ich deswegen ein schlechter Mensch?*

»Unter dreizehn kommt man da anscheinend nicht rein«, sagte sie stattdessen. »Ich darf ihn erst sehen, wenn er nicht mehr auf der Intensivstation liegt.«

»Und wann ist das?«

»Das kann morgen sein oder auch erst in vier Tagen, sagt der Arzt. Das lässt sich nicht vorhersagen.«

Ein gelbes Blatt fiel Charlotte auf den Schoß.

*Wie kommt der Stängel an dieses dreieckige Blatt? Wie schön das ist! Und die Farbe: wie gemalt.*

Doch dieses Gelb hatte kein Maler gemalt. Dieses Gelb entstand durch den Abbau von Chlorophyll im Laub. Auch das hatte Charlotte in ihrem Kaninchenbau gelernt.

»Ich kann's noch immer nicht glauben, dass dein Vater einen Herzinfarkt hatte«, sagte Bridget jetzt noch einmal.

»Können wir vielleicht über etwas anderes reden?«

»Klar.« Bridget jonglierte weiter. Auf und ab flog die Birne, auf und ab. »Erzähl mir von eurem Ausflug. Wie groß waren van Goghs Sonnenblumen?«

»Nicht besonders groß.«

»Wetten, dass die sogenannten Überflieger kein bisschen interessiert waren?«

Am Freitag der vergangenen Woche – also vor dem Herzinfarkt, als das Leben normal gewesen war – hatte Charlotte einen Ausflug ins Kunstmuseum von Philadelphia gemacht, zusammen mit den anderen Schülerinnen und Schülern ihrer Hochbegabten-AG. Bridget war stocksauer gewesen.

»Immer dürft ihr so tolle Sachen machen, und wir Normalos müssen hierbleiben! Das ist so was von unfair«, hatte sie geschimpft. »Außerdem ist Kunst *mein* Ding, nicht deins!«

Damit hatte sie recht. Charlotte wäre viel lieber ins Medizinhistorische Museum gegangen, in dem es Skelette und Schädel und all so was anzuschauen gab.

»Ich sag meinem Vater, er soll mit uns hingehen«, hatte sie

angeboten. Doch Bridget hatte nur tief geseufzt und war davongerauscht. Später hatte sie sich entschuldigt, aber die Stimmung zwischen den beiden Mädchen blieb angespannt.

»Hast du gewusst, dass van Gogh seine Sonnenblumen eine ›Sinfonie in Blau und Gelb‹ genannt hat?«, fragte Bridget.

»Nein, wusste ich nicht.«

Bridget drehte und wendete die Birne in der Hand.

»Hast du Lust, Scrabble zu spielen?«, fragte Charlotte.

»Nee, wozu? Du gewinnst doch sowieso.« Bridget schaute in den Garten der Nachbarfamilie, und auf einmal ging ein Lächeln über ihr Gesicht. »Schnell, hol das Fernglas von deinem Vater! Wir spionieren Mateo aus.«

Mateo Rivera war der umwerfendste Zehntklässler, den die Welt je gesehen hatte. Seine jüngere Schwester, Magda, gehörte zum selben Jahrgang der West Middle School wie Bridget und Charlotte. Sie hatte so gar nichts von Mateos geheimnisvoller Ausstrahlung. Irgendwie rätselhaft war sie zwar auch, aber auf ganz andere Art als ihr Bruder. Über Mateos Augen fielen dunkle Locken, und er sah immer so aus, als gäbe es ein dunkles Geheimnis, das er nur zu gern mit jemandem teilen würde, wenn er nur einen vertrauenswürdigen Menschen fände. Magda, deren Haare immer völlig zerzaust waren, gehörte zu den Besten der Schule, doch wann immer sie ihre Hausaufgaben zu den anderen aufs Lehrerpult legte, zählte sie erst mit den Fingern bis zehn und klopfte dann kurz auf Holz. Macken-Magda nannten die Mitschüler sie.

»Ich weiß nicht, wo er es hingelegt hat«, schwindelte Charlotte. Dabei wusste sie genau, wo das Fernglas war: nämlich in der Schublade unter der Kaffeekanne. Aber es kam ihr nicht richtig vor, es sich einfach zu nehmen, solange ihr Vater im Krankenhaus lag.

»Schade«, sagte Bridget. Ihr Blick blieb an der Hintertür des Nachbarhauses hängen. »Vielleicht kommt Mateo ja heraus. Dann kannst du ihn fragen, ob er mit dir Scrabble spielt.«

»Vielleicht«, sagte Charlotte. »Und bei der Gelegenheit kann ich ihm gleich einen Heiratsantrag machen.«

»Au ja! Stell dir vor, wie intelligent eure Kinder wären. Kein anderer Mensch würde je wieder irgendetwas gewinnen.«

»Das kann man nicht wissen. Kann sein, dass Mateo in Sprachspielen gar nicht gut ist.«

»Bestimmt! Guck dir doch Macken-Magda an. So was liegt in der Familie.« Sie brach ab und schaute mit zusammengekniffenen Augen über Charlottes Schulter. »Oje! Wenn man vom Teufel spricht!«

Magda war aus der Tür getreten und kam auf sie zu. Sie trug das offizielle T-Shirt der Schule, allerdings das vom letzten Jahr. Es war verwaschen und zerknittert. Dazu ein paar Shorts, die ihr zu groß waren und vermutlich Mateo gehörten, und unterschiedlich lange Socken.

»Hi!«, sagte Magda und zeigte auf die Birne. »Birnen sind keine Bratschen … Nichts sieht ihnen ähnlich.«

Bridget sah sie mit hochgezogenen Augenbrauen an.

»Das ist aus einem Gedicht«, sagte Magda.

»Ach ja?«, sagte Bridget.

Magda sah Charlotte an. »Das mit deinem Vater tut mir leid. Geht's ihm schon wieder besser?«

»Ja«, antwortete Charlotte. Sie kannte das Gedicht. »Studie zweier Birnen« hieß es, und geschrieben hatte es Wallace Stevens. Vor ein paar Jahren hatte sie es ihrer Mutter auf die Glückwunschkarte zum fünfundfünfzigsten Geburtstag geschrieben. Weil sie den Birnbaum im Garten so liebte, hatte der Vater der Mutter ein Gemälde geschenkt, auf dem Birnen abgebildet waren, und dazu passend hatte Charlotte das Gedicht abgeschrieben.

Der Wind frischte auf und ließ Laub auf die Mädchen regnen. Bridget schob die Blätter sofort weg, doch Magda hob beide Arme, so als empfinge sie gerade ein Geschenk direkt aus den Händen von Mutter Natur. Charlotte saß einfach still da. Als der Wind sich gelegt hatte, hob Magda eines der herabgefallenen Blätter auf und hielt es am Stängel. »Ich kann ein Foto von dem Blatt machen, dann sagt mir eine App auf meinem Smartphone, zu welchem Baum das Blatt gehört.«

»Faszinierend«, sagte Bridget.

Magda zwirbelte den Blattstiel zwischen den Fingern und wandte sich wieder Charlotte zu. »Freust du dich auch schon auf die nächste Exkursion? Ich hoffe, wir gehen ins Medizinhistorische Museum.«

»Hm, ja«, sagte Charlotte. Magda trat mit der Schuhspitze gegen die Steinmauer. »Also dann … Wir sehen uns in der Schule. Sag deinem Vater gute Besserung von mir.«

Als Magda durch ihren Garten zurückgegangen und im Haus verschwunden war, schüttelte Bridget den Kopf. »Kaum zu glauben, dass die beiden verwandt sind – ein so himmlischer Typ wie Mateo Rivera und Macken-Magda. Diese Eierköpfe sind echt seltsam. Nimm's nicht persönlich.«

*Macken-Magda.*

Spitznamen waren wohl nicht immer so toll.

## Das Leben aus Bens Sicht Teil III

Es war halb neun, als Bens Mutter schließlich an seine Tür klopfte. Ben war überrascht, dass sie es überhaupt so lange ausgehalten hatte. Normalerweise umschwirrte sie ihn wie eine Fliege. Vermutlich hatte Bens Vater ihr gesagt, sie solle ihm mehr Freiraum lassen, Zeit zum Nachdenken, keine Gluckenmutter sein. Gelegentlich sagte er solche Dinge.

Vielleicht waren das Themen, über die sie manchmal stritten.

Vielleicht war das einer der Gründe …

Solche Gedanken gingen Ben bei jedem neuen, behutsamen Klopfen der Mutter durch den Kopf.

Er lag noch immer ausgestreckt auf seinem Bett und starrte an die Decke. Die ganze Zeit hatte er sich nicht bewegt. Eigentlich musste er dringend zum Klo, aber er konnte sich nicht aufraffen, sein Zimmer zu verlassen. Solange er hier drin war, war alles wie immer. Seine Bettdecke, sein Laptop, sein Minecraft-Universum. Die randvollen Bücherregale. Hier in seinem Zimmer redete niemand von Scheidung. Hier herrschte Stillstand.

»Ben?«, fragte seine Mutter mit gedämpfter Stimme. »Alles in Ordnung mit dir?«

»Ja.«

»Wir machen uns Sorgen um dich.«

Ein Fremdwort für Stillstand war *Stasis*. Es bedeutete, dass sich nichts änderte.

»Was machst du?«, wollte seine Mutter wissen.

»Ich spiele Scrabble.« Das war wenigstens die halbe Wahrheit. Nach dem Ende seines Gesprächs mit Lottie hatte er eine neue Partie mit einer Mitspielerin namens YEOMAN begonnen. Doch das war jetzt über eine Stunde her, und die andere hatte noch nicht gelegt.

»Möchtest du gerne reden?«

»Eher nicht.«

Pause. Dann: »Dein Vater und ich haben das Gefühl, dass wir gar nicht dazu gekommen sind, ausführlich mit dir über all das zu reden. Wir sind sicher, dass du Fragen hast.«

Eine Million Fragen hatte er.

Oder auch keine.

Sie sagte noch etwas, und Ben stellte sich vor, wie ihre Worte im Holz stecken blieben. Aber natürlich wusste er, dass das unmöglich war, weil es nicht genug Isolierung gab zwischen den Schallwellen ihrer Stimme und dem billigen Material, aus dem seine Tür bestand. Trotzdem war er entschlossen, nicht hinzuhören und stattdessen an das zu denken, was er zu Lottie gesagt hatte: dass er bei den Wahlen zum Schülerparlament kandidieren wolle. Das Schuljahr hatte erst vor wenigen Wochen begonnen, aber schon jetzt fand Ben die Mittelschule wenig inspirierend. Adam und Kyle fehlten ihm. Er hatte jetzt mehr Lehrerinnen und Lehrer als vorher, und viel auszusetzen hatte er an denen auch nicht (nicht einmal an Mr. Brennamen, der den Fortgeschrittenenkurs in Geschichte unterrichtete, und das im monotonsten Geleier, das man sich vorstellen konnte). Doch Freunde hatte er bisher noch keine gefunden, und jetzt, da ihm auch noch die Scheidung der Eltern bevorstand, hatte er das Gefühl, dass seine komplette Welt auseinanderfiel, Stein um Stein, und ihm gerade die Trümmer vor die Füße fielen. Hier musste dringend etwas geschehen. Er brauchte ein Projekt, über das er totale Kontrolle hätte.

Vielleicht war das Schülerparlament genau sein Ding.

# Birnen

Nachrichten aus dem Kaninchenbau: *Fans halten Scrabble für das ideale Brettspiel, weil man dafür die perfekte Mischung aus Strategie und Glück braucht. Man weiß nie, welche Buchstaben man zieht, das heißt, es gibt Elemente des Spiels, die man nicht kontrollieren kann. Doch wenn man das, was man zufällig bekommt, gut zu nutzen versteht, dann kann man groß herauskommen.*

Scrabble spielen hatte Charlotte von ihrem Vater gelernt. Sie war erst sieben gewesen, als er eines Tages die Schachtel aus dem Schrank holte und auf den Esstisch legte. Charlotte hatte gestaunt, denn im Esszimmer aßen sie eigentlich nur an hohen Feiertagen. Ansonsten war es streng verboten, diesen Tisch zu benutzen, das war eine von Mrs. Lockards eisernen Regeln. Der Tisch sei ein Vermögen wert und dürfe auf keinen Fall Kratzer bekommen. Irgendwann hing dann das Birnenbild als Aufpasser daneben.

»Als deine Mutter und ich das erste Mal verabredet waren, haben wir dieses Spiel gespielt«, hatte der Vater gesagt und den Staub von der Schachtel gewischt.

Charlottes Eltern, Clayton und Ellen, hatten einander im Ballsaal eines berühmten Herrenhauses kennengelernt, dem Rosecliff Mansion in Newport im Staat Rhode Island. Beide hatten sie an einer Führung teilgenommen, als die einzigen Singles unter lauter Paaren. Charlottes Vater hatte sich unauffällig vorgearbeitet, bis er neben Ellen stand. Beide betrachteten sie ein Gemälde, das an der Wand vor ihnen hing. Nach der Führung aßen sie zusammen zu Mittag und stellten fest, dass sie viele Gemeinsamkeiten hatten: Beide waren sie Anfang 40. Beide hatten an Elite-Unis studiert. Beide besichtigten gern historische Orte, und beide machten gerne Puzzles.

Charlottes Vater nahm das Spielbrett aus der Schachtel, klappte es auseinander und kippte die Buchstaben aus, direkt vor Charlottes Nase. *Klack-klack-klack* machte es.

»Du fängst an«, sagte er.

Charlotte legte BIRNE, und beide mussten lachen.

Seit jenem Tag spielten sie ganz oft, immer nur sie beide. Die Schachtel blieb auf dem Tisch, damit sie immer griffbereit war, wenn Charlotte und ihr Vater Lust auf ein Spiel hatten.

Doch irgendwann im letzten Jahr war die Schachtel wieder im Schrank verschwunden.

Charlotte verstand nicht, warum, aber gleichzeitig gab es auf einmal so viele andere Dinge, die sie beschäftigten. Zu vieles, was ihr Sorgen machte. Die neue Schule war wie ein Virus, das ihr ganzes Leben infizierte. Sie fing an, ihre Puppen zu verstecken, obwohl sie immer noch Lust hatte, ihnen die Haare zu kämmen. Ihre Kuscheltiere schob sie unters Bett; auf einmal kamen sie ihr wie Babykram vor. Und wenn ihr Vater sie fragte, ob sie Lust auf Scrabble hätte, sagte sie Nein.

Trotzdem versuchte er es gelegentlich.

»Wie wär's mit einem Spielchen?«, fragte er von Zeit zu Zeit.

»Später vielleicht«, antwortete Charlotte dann.

Irgendwann gab er es auf, und die Schachtel verschwand im Schrank.

Gerade hatte sie noch auf dem Tisch gelegen, und auf einmal war sie weg.

Als Charlotte in der Schule vom Herzinfarkt ihres Vaters erfuhr, fühlte sie sich wie versteinert. Ihre Füße waren außerstande, sich zu bewegen. Einen Moment lang dachte Charlotte, vielleicht habe sie selbst ebenfalls einen Herzinfarkt erlitten. Ein Gewicht schien auf ihrer Brust zu liegen und ging nicht weg. Zahllose Gedanken schossen ihr durch den Kopf, doch alles, was sie herausbrachte, war: »Ich hätte mehr Scrabble mit ihm spielen sollen!«

# DIENSTAG

linkisch, adj.: *unbeholfen, ungeschickt*

## Das Leben aus Bens Sicht Teil IV

An der Lanester Middle School gab es zwei Sekretariate. Ben war sich nicht sicher, welches wofür zuständig war, also betrat er dasjenige, das der Schultür am nächsten lag. In fünf Minuten würde es zur ersten Stunde läuten, also hatte er keine Zeit zu verschwenden.

Das Büro war klein und weitgehend leer, bis auf eine zierliche blonde Frau, die auf der anderen Seite eines Tresens saß und deren Finger sich rasend schnell auf einer Tastatur bewegten. Auf dem Tresen, neben einem Formular, stand eine Glocke. Ben tippte darauf, obwohl die Frau keinen Meter entfernt saß.

»Es hat noch nicht geläutet«, sagte die Frau. »Du hast noch reichlich Zeit.«

Auf einem Schildchen stand ihr Name: Mrs. D. CARLILE. Ben überlegte, wie die Sekretärin wohl mit Vornamen hieß. Dem Aussehen nach könnte Diane passen. Oder Denise.

Eine XXL-Wasserflasche stand griffbereit neben der Tastatur.

»Wussten Sie, dass jeder Amerikaner pro Jahr einhundertsechzehn Einwegwasserflaschen leert, von denen er aber nur achtunddreißig zum Recycling bringt?«, fragte Ben.

Die Frau hörte auf zu tippen und sah Ben groß an. »Willst du dich in die Liste eintragen?«

Ben warf einen Blick auf das Formular neben ihm. »Eintragen? Nein, ich will nur meine Kandidatur für die Wahlen zum Schülerparlament anmelden.«

»Die Frist für Wahlbewerber ist gestern abgelaufen«, sagte Diane-oder-Denise.

Ben tippte sich nachdenklich aufs Kinn. »Wäre es möglich, dass die Schule hier eine Ausnahme macht?«

»Das weiß ich nicht. Mit den Bewerbungen habe ich nichts zu tun. Dafür ist das zentrale Sekretariat zuständig.« Sie zeigte auf ein zweites Büro, das von ihrem nur durch eine Glaswand getrennt war. Ben verrenkte sich den Hals und sah, dass nebenan Hochbetrieb herrschte.

»Wofür sind Sie zuständig?«, fragte er.

»Für die Anwesenheitsliste.«

Ben schaute sich um. »Was passiert denn hier, was drüben nicht gemacht wird?«

»Hier gibt's Action am laufenden Band. Spannung pur. Der reine Karneval ist das.«

»So besonders spannend kommt es mir gar nicht vor.«

»Ich weiß. Sollte Ironie sein.« Sie lehnte sich zurück. »Zu mir musst du, wenn du morgens zu spät kommst.«

»Ich komme nie zu spät.«

»Außerdem kommst du her, wenn du die Schule früher verlässt.«

»Ich verlasse die Schule nie früher.«

»Oder wenn du am Vortag gefehlt hast.«

Bevor Ben etwas sagen konnte, hob sie die Hand. »Lass mich raten: Du fehlst nie.«

»Genau. Ich hab noch keinen einzigen Schultag versäumt.«

»Wenn du so weitermachst, bekommst du am Ende des Schuljahres eine Auszeichnung für vorbildlichen Schulbesuch.«

»Ist das wahr?«

»So wahr ich hier sitze.« Sie warf einen Blick auf die Wanduhr. »Du solltest mal los, es läutet gleich.«

Ben drehte sich um und ging zur Tür.

»Aber hol dir nebenan noch schnell die Bewerbungsunterlagen«, sagte Mrs. Carlile.

Bens Hand lag schon auf der Klinke. »Ich dachte, es sei zu spät dafür.«

»Sag ihnen, ich hätte dir gesagt, das ginge in Ordnung«, antwortete sie. »Ich hab so ein Gefühl, als könntest du einen guten Schülervertreter abgeben.«

»Danke, Mrs. Carlile.« Ben hatte selbst nicht damit gerechnet, dass er so aufgeregt sein würde. Schließlich hatte er erst gestern den Entschluss gefasst zu kandidieren. Und das nur so, aus einer Laune heraus. Aber es schien ihm eine sinnvolle Sache zu sein. Ein Schritt in seiner persönlichen Evolution.

»Ach, übrigens – wie heißen Sie mit Vornamen? Diane oder Denise?

»Danielle.«

»Ich heiße Ben Boxer«, sagte Ben. »Ich bin dieses Jahr in die Sechste gekommen.«

»Ja dann, Ben Boxer: Willkommen in der Mittelschule.«

## Die Anti-Clique

Nachrichten aus dem Kaninchenbau: *Den ersten nationalen Buchstabierwettbewerb der USA gewann 1925 der damals elfjährige Frank Neuhauser mit dem Buchstabieren des Wortes* gladiolus *(Gladiole). Als Preis erhielt er unter anderem Gold im Wert von 500 Dollar sowie ein Treffen mit dem amerikanischen Präsidenten Calvin Coolidge.*

Die Plätze ganz vorn im Foyer waren die begehrtesten der Schule. Charlotte und Bridget hatten Glück gehabt: Ihre Schließfächer lagen in Sichtweite der vorderen Reihen, und sie beide hatten eine Routine entwickelt, die sicherstellte, dass sie immer vor den anderen ankamen. Da saßen sie auch wieder, als Bridget, während sie sich die Haare zu einem Pferdeschwanz band, sagte, sie hasse ihren Kunstunterricht.

Charlotte dachte, sie müsse sich verhört haben, was bei dem Lärm in den Fluren kein Wunder wäre – kreischende Stimmen, quietschende Turnschuhe, zuschlagende Schließfachtüren. Kunst war nämlich das einzige Fach, für das Bridget freiwillig ihre Hausaufgaben machte. Sie war schon jetzt eine richtige Künstlerin. Wie die Großen. Schon in der Grundschule hatte sie ohne Ende über den Kunstunterricht geredet.

»Es ist wegen Tori Baraldi«, sagte Bridget seufzend und verdrehte die Augen. Ihre Haare hingen jetzt in einem makellosen Pferdeschwanz. »Andauernd kommt sie zu mir rüber und hat was zu kritisieren. Meine Linien sind ihr zu schief, mein Entwurf zu klein, die Perspektive nicht richtig.«

»Ich dachte, in der Kunst geht es um subjektive Ansichten.«

»Und was mich am meisten aufregt«, fuhr Bridget fort, »Mrs. LaPira tut nichts dagegen. Sie ist eine tolle Künstlerin, aber sie sagt nie: ›Tori, du eingebildete Nervensäge, geh auf deinen Platz.‹«

»Wieso hat Tori überhaupt Kunst gewählt?«, fragte Charlotte. »Sie ist doch eigentlich gar nicht der Typ dafür.«

»Kunst sei ihre, wie sie sagt, Meditationsstunde. In der Zeit entspannt sie sich, und ihr Gehirn kann ausruhen. Bis zum nächsten Buchstabierwettbewerb.«

Bridget grinste vielsagend, und beide Mädchen lachten schallend.

Mit Victoria »Tori« Baraldi verhielt es sich folgendermaßen: Im Vorjahr hatte sie es als Sechstklässlerin bis in die Endrunde des Buchstabierwettbewerbs geschafft, zusammen mit den besten Schülerinnen und Schülern aus dem ganzen Land. Für die West Middle School war das eine aufregende Sache. Eine ganze Woche lang mussten sämtliche Klassen sich morgens über die Schullautsprecher anhören, wie Tori schwere Wörter buchstabierte. Plakate überall in der Schule fragten:

## Wie buchstabiert man gewinnen? B-A-R-A-L-D-I!

»Wusstest du schon, dass in *Victoria Baraldi* ein Labrador steckt?«

»Das hast du mir schon mindestens tausend Mal gesagt.«

Beide lehnten sich zurück und spielten *Leute beobachten.* Als kleine Mädchen hatten sie oft Knie an Knie an einem schattigen Platz auf dem nahen Spielplatz gesessen und sich Geschichten ausgedacht über die Eltern, die mit ihren Kindern gekommen waren. So etwas wie: Der Vater da drüben ist ein Spion, und die Mutter ist im Zeugenschutzprogramm. Mr. Patel war in Wirklichkeit ein Millionär und hortete Diamanten im Keller. Ms. Gianforcaro hieß eigentlich Mrs. White und hatte nach einem gescheiterten Banküberfall fluchtartig ihr Land verlassen müssen. Und der alte Mr. Mruk war gar nicht alt – er hatte einen Zaubertrunk zu sich genommen, der ihn rückwärts leben ließ.

Wann hatten sie mit diesem Spiel aufgehört?

Offenbar gehörte es zu jenen Dingen, die klammheimlich verschwanden, so wie Charlottes Puppen mit den dicken Haaren.

Damals waren sie aber auch noch in der Grundschule gewesen und mehr oder weniger befreundet mit Mädchen wie Tori oder Magda, die Bridget jetzt als »Eierköpfe« bezeichnete. Charlotte erinnerte sich noch deutlich daran, wie sie Kettenbrechen gespielt hatten und sie Hand in Hand mit Bridget in der Absperrkette gestanden und Magdas Namen gerufen hatte.

Charlotte schloss die Augen und erinnerte sich daran, wie der Pausenhof ihrer Schule gerochen hatte. Dann stieß sie Bridget an und wies mit dem Kopf auf Magda, die gerade dabei war, Bücher aus ihrem Schließfach in ihren Rucksack zu packen.

»Hey«, flüsterte Charlotte, »was meinst du: Ob Magda für den Geheimdienst arbeitet?«

»Was redest du denn da?«

Hatte Bridget alles vergessen?

»Ach nichts«, antwortete Charlotte.

Bridget betrachtete Charlotte von der Seite, dann fragte sie: »Erinnerst du dich, was ich dir neulich vorgeschlagen habe – dass du Mateo zum Scrabble einladen solltest?«

Charlotte stellte sich kurz Mateo an ihrem Esstisch vor, wie ihm die Haare über die Augen fielen, während er einen Buchstabenstein zwischen den Fingern drehte.

»Na ja«, fuhr Bridget fort, »jedenfalls hat mich das auf eine Idee gebracht: Du könntest doch vielleicht stattdessen Magda einladen.«

Charlotte zog die Augenbrauen zusammen. »Das mit Mateo war doch nur Quatsch. Davon mal abgesehen: Magda statt Mateo – das wäre wohl ein schlechter Tausch!«

Bridget lachte nervös. »Nein, ich meine … Ich würde wetten, dass sie richtig gut ist. Ihr könntet nach der Schule zusammen spielen. Magda wäre eine viel bessere Gegnerin als ich, und du hättest was zu tun, bis du deinen Dad besuchen darfst.«

»Oh«, sagte Charlotte. »Ich dachte eigentlich, du kommst rüber. Wie immer.«

»Ja, aber sie wohnt schließlich gleich nebenan.« Bridget zuckte mit den Schultern. »Ich dachte bloß, wo sie doch zur Clique der Eierköpfe gehört.«

»Tja, aber ich bin nun mal Teil der Anti-Clique.«

Diesen Namen hatten Bridget und Charlotte sich selbst im vergangenen Jahr gegeben, weil sie nur zu zweit waren und weil es kein spezielles Merkmal gab, wonach sie sich nennen konnten, keins wie *Eierköpfe* oder *Musik-Kids*. Bridget und Charlotte waren nichts weiter als zwei Mädchen, die alles gemeinsam machten, auch wenn sie nicht viele Gemeinsamkeiten hatten.

Nach langer Pause sagte Bridget: »Die Sache ist nur die: Kann sein, dass ich heute nicht gleich nach der Schule nach Hause gehe.« Sie zog an ihrem Pferdeschwanz und wickelte sich eine Strähne um den Finger. »Sophie Seong hat gefragt, ob wir uns nachher bei Red's treffen können.«

»Sophie Seong?«

»Ja. Wir haben dieses Jahr Kunst zusammen. Du kannst ja mitkommen, wenn du willst. Sophie hat sicher nichts dagegen. Ich dachte bloß, du hast bestimmt keine Lust, vor allem nach dem, was letztes Jahr passiert ist.«

Charlotte musste an einen Science-Fiction-Roman denken, den sie mal gelesen hatte. Darin war ein Roboter vorgekommen, der so lange die Worte »Funktioniert nicht, funktioniert nicht« wiederholt hatte, bis er sich selbst zerstörte.

»Mal sehen«, sagte sie. Doch eigentlich dachte sie: »Ich bei Red's – funktioniert nicht, funktioniert nicht.«

Red's hieß eigentlich nicht so, sondern JJ's Pizza und war nur wenige Straßen entfernt.

*Red's* wurde das Lokal wegen der roten Markise über dem Eingang genannt. Jüngere Schüler wie Sophie Seong und ihre Freunde hingen gerne nach der Schule dort ab. Zwischen drei und vier war das Lokal brechend voll mit coolen Jugendlichen. Diejenigen, die zur Red's-Clique gehörten, konnte man leicht erkennen. Dieses Jahr waren es die Schuhe, durch die sie sich von den anderen unterschieden: Van's Sneakers mit extralangen, offenen Schnürsenkeln.

Charlotte war nur ein einziges Mal im Red's gewesen – wenn man davon absah, dass sie manchmal an Wochenenden mit ihrem Vater hinging, wenn das Lokal eine ganz normale Pizzeria war und kein Schülertreff.

Aber jenes eine Mal, das war Ende letzten Jahres gewesen. Bridget hatte unbedingt wissen wollen, warum so ein Wirbel um das Red's gemacht wurde, nur deshalb war Charlotte mitgegangen. Aber vorher musste Bridget sich unbedingt die Haare zu einem *messy bun* hochstecken, denn das machten die Sophie Seongs alle so. Also waren die beiden erst zu Charlotte nach Hause gegangen, um sich mit Haarnadeln und Haargummis zu versorgen. Charlottes Vater saß in der Küche und sortierte Medikamente in eine Plastikdose mit Fächern für jeden Wochentag. *Klack, klack, klack.* »Was heckt ihr zwei jetzt wieder aus?« Dann lächelte er Bridget an. »Und – gibt's ein neues Meisterwerk von dir?«

Bridget gab dieselbe Antwort wie immer: »Ich bin noch dabei, Mr. Lockard.«

»Übung macht den Meister.« Das sagte er immer.

»Zurzeit bin ich dabei, lebende Objekte zu zeichnen.« Sie machte eine Kopfbewegung in Richtung zum Birnenbild im Esszimmer. »Etwas in der Art. Aber es gelingt mir nie richtig. Eine Schale mit Früchten sieht bei mir nie aus wie eine Schale mit Früchten.«

»Wie sieht sie denn dann aus?«

Bridget dachte nach. »Wie lauter Würmer.«

Mr. Lockard lachte. »Wer weiß, vielleicht wirst du der nächste van Gogh. Wenn er eine Schale mit Früchten malte, dann sah die auch nicht wie eine gewöhnliche Obstschale aus, sonder eher wie der Traum von einer Schale. Hochinteressant, wirklich. Im Kunstmuseum in Philadelphia hängt ein Gemälde von ihm.«

*Klack, klack, klack.*

Charlotte zog Bridget am T-Shirt zur Treppe. »Komm jetzt, deine Haare machen. Damit wir loskönnen.«

»Wo wollt ihr denn hin?« Alle Tabletten lagen in ihren Fächern, und Mr. Lockard schloss die Deckelklappen.

»Zu Red's«, antwortete Charlotte.

»Red's! Da läuft einem ja gleich das Wasser im Munde zusammen! Pizza!« Er rieb sich den Bauch. »Vielleicht komme ich mit. Ihr seid natürlich eingeladen.«

Ohne ein Wort und mit Panik in den Augen rannten die Mädchen nach oben. Kaum hatte Charlotte die Tür hinter ihnen geschlossen, sprach Bridget auch schon aus, was beide dachten: »Ich mag deinen Vater ja wirklich, aber – er kann unmöglich mitkommen. Das wäre so was von peinlich. Extrem!« Sie lief nervös hin und her und schien etwas zu suchen. »Wo ist noch mal Sphinx? Wir brauchen sie.«

Sphinx war ein ägyptischer Quarz. Ein Kollege ihres Vaters am Swarthmore College hatte ihn Charlotte geschenkt, weil er wusste, dass sie später Geologin werden wollte. Sie besaß schon über hundert Gesteinsproben, die sie in Ablagen auf ihrer Kommode aufbewahrte. Jede Probe war mit einem Etikett versehen – Hämatit, Pegmatit, Pyrolusit, Feldspan –, doch am liebsten von allen mochte sie den Quarz. Irgendwann hatten Bridget und sie den Stein zum Glücksbringer erklärt und ihn Sphinx getauft.

Sphinx lag stets am selben Ort im Ablagebrett, vor dem Etikett mit der Aufschrift »Ägyptischer Quarz«. Charlotte nahm ihn blitzschnell heraus und drückte ihn der Freundin in die Hand. Bridget stand endlich still und presste den Stein ans Herz.

»Bitte, Sphinx, mach, dass Charlottes Vater es sich anders überlegt.« Dann hielt sie Charlotte den Stein hin. »Jetzt du!«

Charlotte nahm ihn entgegen, sprach aber keinen Wunsch aus. Stattdessen sagte sie: »Ich werde ihn einfach bitten, nicht mitzukommen.« Mit diesen Worten legte sie den Stein zurück ins Fach.

Bridget stieß einen tiefen Seufzer aus und ließ sich mit dem Rücken zu Charlotte aufs Bett fallen. Das war ihre Art zu sagen: Und jetzt mach mir schnell die Haare!

»Wie willst du ihm das beibringen?«, fragte sie dann.

»Ich sag ihm einfach die Wahrheit. Das versteht er bestimmt.«

»Vielleicht.« Bridget zögerte. »Aber deine Eltern sind so anders. So – altmodisch.«

Während der Grundschuljahre der beiden Mädchen waren Charlottes Eltern für Bridget eine unerschöpfliche Fundgrube für interessante Geschichten. Vor allem Charlottes Vater, der die Sixtinische Kapelle in Rom besucht hatte, mindestens siebzig verschiedene Grüntöne nennen konnte und einen alten Plattenspieler besaß, auf dem er Vinylplatten von David Bowie abspielte.

Aber das war einmal.

Zehn Minuten nach Bridgets Bitte an Sphinx hatte Charlotte ihr einen perfekt unperfekten Dutt gemacht.

»Willst du auch einen?«, fragte Bridget, ohne Charlotte anzusehen. »Ich meine, wir sind sowieso schon spät dran, aber wenn du willst, mach ich dir einen.«

Plötzlich fand Charlotte ihre eigenen Haare unnatürlich lang und schwer.

»Nicht nötig«, antwortete sie. »Ich will nicht, dass wir zu spät kommen.«

Umso besser – denn Bridget war schon halb die Treppe hinunter.

Vielleicht hat Dad seine Meinung geändert, dachte Charlotte, während sie mit schnellen Schritten hinter Bridget herlief. Vielleicht hat er eingesehen, wie lächerlich sein Vorschlag war.

Eltern bei Red's? Nach der Schule? Das ging ja wohl gar nicht. So viel wusste auch Charlotte. Doch als sie die unterste Stufe erreicht hatte, sah sie ihren Vater in seinem Sessel sitzen, in der Jacke, die er ständig trug, auch wenn Mrs. Lockard ihn schon lange drängte, sich eine neue zu kaufen. Auf dem Kopf trug er seine Basecap mit dem Logo der Phillies, in der Hand hielt er die Hausschlüssel. Als er die Mädchen sah, stand er lächelnd auf.

»Fertig?«, fragte er.

Charlotte und Bridget sahen sich an.

Charlottes Nacken brannte wie Feuer.

»Ähm«, begann Charlotte. Sie warf Bridget einen kurzen Blick zu, doch die sah weg. »Weißt du, Dad – wir würden eigentlich lieber – lieber alleine gehen.«

Mr. Lockards Lächeln verschwand. Er nickte. So als hätte er gerade die Lösung zu einem Problem erfahren, von dessen Existenz er bis dahin gar nichts gewusst hatte.

»Ich meine«, fuhr Charlotte fort, »es wäre irgendwie peinlich, verstehst du?«

»Oooh«, sagte der Vater. »Ja, natürlich.« Er räusperte sich und tippte sich an die Stirn. »Total vergessen. Ich werde wohl alt.«

Die Mädchen lachten verlegen.

»Ich hab ohnehin einiges im Haus zu tun.« Er zog seine Brieftasche aus der Hosentasche und gab Charlotte einen Zwanziger – genug für zwei Restaurantbesuche. »Iss ein Stück für mich mit.«

## Das Leben aus Bens Sicht Teil V

Ben betrat die Cafeteria seiner Schule wie ein Feldherr den Schauplatz der alles entscheidenden Schlacht. Dies war der erste Tag von Bens Evolution. Es war an der Zeit, sich bekannt zu machen. Er lag so weit zurück – wahlkampfmäßig, altersmäßig und überhaupt. Er wusste nicht einmal, wer seine Gegner waren, aber das spielte keine Rolle. Er würde einfach seine eigenen Fähigkeiten in den Vordergrund stellen.

Er drückte die Schultern durch und richtete sich hoch auf. Dann räusperte er sich und wischte sich die verschwitzten Handflächen an der Hose ab. Sein Herz klopfte wie wild, doch er wusste: Wenn er diese Schlacht gewinnen wollte, dann musste er zuerst seine Ängste besiegen.

*Klack-klack* machten seine Schuhe, als er zwischen den Doppeltüren der Cafeteria hindurchging, doch niemand achtete auf ihn. Der Lärm war gewaltig, es war viel lauter als im Speisesaal seiner Grundschule, auch wenn er das nie für möglich gehalten hätte. Wohin er auch schaute, überall sah er Gegenstände aus wiederverwertbarem Material – die rechteckigen Tische waren übersät von zerdrückten Wasserflaschen aus Plastik, verbeulten Cola- oder Limodosen und Trinkhalmen. An allen Tischen saßen dicht gedrängt Sechstklässler. Gleich rechts von Ben beugten sich mehrere Jungen über ein iPad. Linker Hand ließen Mädchen Limodosen aufploppen. In dem großen Raum wimmelte es nur so von Schülern – sie zogen geräuschvoll ihre Stühle heraus oder schoben sie zurück, balancierten ihre Essenstabletts, bissen in Äpfel, schaufelten ihr Essen in sich hinein, quasselten, alberten herum oder waren in ernste Gespräche vertieft.

Ben ließ seinen Blick über alle schweifen und überlegte, wen er wohl zuerst ansprechen sollte.

Er entschied sich für die Jungs mit dem iPad.

Sie starrten alle auf ein Spiel, das ihm nicht bekannt vorkam. Irgendwas mit Zombies, die aus Autowracks stiegen. Als Ben auf die Gruppe zuging, hatte gerade ein Junge mit einer Basecap der Louisiana State University Tigers einen dieser Zombies plattgemacht.

»Wow, Theo – Hammer!«, kommentierten seine Freunde.

Ben hielt nicht viel von Zombies als Gegnern, daher war er weniger beeindruckt, aber das behielt er natürlich für sich. Zombies hatten kein Hirn, weswegen sie bei jedem Kampf, bei dem es um Intelligenz ging, elendig versagen müssten. Sollte Ben je auf einen treffen, dann würde er ihm diesen bekannten Satz entgegenschleudern, der angeblich von Shakespeare stammte: »Wir würden uns gern geistig mit Euch duellieren, doch wir sehen, Ihr seid unbewaffnet.« Allerdings war logisches Denken für Videospiele eher nicht erforderlich. Auch bei Minecraft war vieles nicht wirklich sinnvoll. Zum Beispiel konnte man unmöglich einen Wasserfall mitten in einem

Feuer speienden Vulkan platzieren. Das hatte Ben zwar auch noch nie probiert, aber trotzdem.

»Ähm – wer bist du?«

Ben blinzelte. Er hörte nichts als das Stöhnen eines sterbenden Zombies.

Hundert Augenpaare starrten ihn an. Wenigstens fühlte es sich für ihn so an. Theo und seine Freunde musterten Ben, der nur dumm dastand. Ihm wurde ganz heiß, so peinlich war die Situation, doch Ben zwang sich, das Gefühl wegzudrücken, und streckte den Jungen die Hand hin.

»Hi«, sagte er so munter wie möglich. *Freundlich und persönlich,* so redete er sich selbst gut zu, *immer freundlich und persönlich, wie Präsident Carter.* »Ich bin Ben Boxer.«

Die Jungen starrten auf Bens Hand, als wäre sie ihm soeben direkt aus der Nase gewachsen.

In diesem Moment schnarrte eine Roboterstimme aus dem iPad: »Möchtest du fortfahren, Soldat?«

»Ich kandidiere fürs Schülerparlament. Für den Posten des Vorsitzenden«, verkündete Ben.

Theo zog die Augenbrauen hoch. »Und?«

»Und ich hätte gerne eure Stimme.« *Ganz locker bleiben!*

Die Jungen warteten darauf, dass er weitersprach.

»Ich habe noch keinen einzigen Tag in der Schule gefehlt.« Damit bewies er Zielstrebigkeit.

»Und ich setze mich für den Schutz der Umwelt ein«, fügte er hinzu. Damit bewies er persönliche Werte.

»Von welcher Umwelt? Der von Pluto?«, fragte Theo.

Die anderen lachten, aber der Witz war eine Art Bumerang gewesen. Auf Pluto konnten keine komplexen Lebensformen existieren, schon gar keine Menschen. Pluto hatte Tiefsttemperaturen von bis zu minus 230 Grad Celsius.

Allerdings: Nicht die Jungen hatten sich zum Gespött gemacht. Nicht wirklich.

So viel wusste Ben auch.

»Trotzdem: Danke schön, Leute«, sagte er.

Damit drehte er sich auf dem Absatz um und ging auf den Nebentisch zu. Wie hatte Präsident Calvin Coolidge einst gesagt? »Nichts in der Welt geht über Beharrlichkeit.«

Am Nachbartisch saßen lauter Mädchen mit identischen Pferdeschwänzen. Nur in der Farbe der Haare und der ansonsten gleichen Haarbänder unterschieden sie sich.

Gelbbändchen hielt Hof. Gerade hatte sie die anderen gefragt, was sie an sich verändern würden, wenn sie einen Wunsch freihätten. In die darauffolgende Nachdenk-Pause hinein sagte Ben: »Hübsche Pferdeschwänze.«

Alle fuhren herum.

»Ich heiße Ben Boxer«, sagte Ben und streckte ihnen die Hand hin.

Unsicher, wie sie sich verhalten sollten, sahen die Mädchen einander an. Schließlich nahm Lilabändchen, die ihm am nächsten saß, seine Hand und schüttelte sie, woraufhin Ben fortfuhr: »Ich kandidiere für den Vorsitz der Schülervertretung, und ich würde mich über eure Stimme freuen.«

»Ben Boxer«, wiederholte Gelbbändchen, und es klang wie ein schmutziges Wort, das sie dringend ausspucken musste. Sie schnaubte verächtlich und tat so, als müsste sie ein Lachen unterdrücken. Ohne seine Antwort abzuwarten, sagte sie: »Das wussten wir bereits.«

»Ach ja?«, fragte Lilabändchen.

Irgendetwas an Gelbbändchen kam Ben bekannt vor. Schnell ging er die Speicherkarte seines Gehirns durch. Doch, von irgendwoher kannte er dieses Mädchen. Aber woher genau? Es war ja nun wirklich nicht so, als wäre er der Schwarm aller Schülerinnen und würde jede Menge Mädchen näher kennen. Aber mit dieser Wahl würde alles anders werden.

Bens Evolution. Tag eins.

»Ja«, sagte Gelbbändchen. »Ben Boxer – der größte Vollidiot der Schule.«

Im selben Moment wusste Ben wieder, wer sie war.

Sherry Bertrand.

Das Mädchen, das in der Grundschule bei Kyle abgeschrieben hatte und weinend aus der Klasse geschickt wurde, nachdem Ben sie verpetzt hatte.

»Äh …«, sagte Ben.

»Und was das andere angeht«, fuhr Sherry fort und funkelte Ben böse an, »diese Kandidatur fürs Schülerparlament? Für die du unsere Stimme willst? Die kannst du dir abschminken.«

»Äh …«, sagte Ben.

»Zu deiner Info: Um für den Vorsitz zu kandidieren, musst du mindestens in der Achten sein, und das bist du unübersehbar nicht. So wie du aussiehst, bist du nicht mal in der Sechsten. Eher in der Dritten. Höchstens. Sechstklässler können sich nur für den Posten des Kassenwarts bewerben, aber den kriegst du auch nicht.«

Lilabändchen runzelte die Stirn. »Hör mal, Sherry … Jetzt sei nicht so …«

»Pass auf«, fuhr Sherry unbeeindruckt fort und stützte sich auf die Ellbogen. »Kassenwart wirst du deshalb nicht werden, weil ich schon für den Posten kandidiere. Also …« Sie streckte die Arme aus und zuckte mit den Schultern, als wollte sie sagen: »Es ist also von vornherein sinnlos, dass du dich bewirbst.«

»Oh«, sagte Ben.

»Du weißt schon, dass du am Freitag eine Rede halten musst? Vor der ganzen Schule?« Sherry setzte eine scheinbar besorgte Miene auf. »Für einen Drittklässler ganz schön heftig.«

Die anderen lachten. Nicht ganz so johlend wie die Jungs vorher, aber ausgelacht ist ausgelacht, egal wie laut.

»Der war gut!«, murmelte Ben. Plötzlich hatte er eine ganz trockene Kehle. Er hob kurz die Hand, wandte sich zum Gehen und sagte: »Hat mich gefreut.«

In seinem Rücken ging das Gelächter weiter.

## Nicht nur ein Mittagessen

Nachrichten aus dem Kaninchenbau: *Denis Estimon, der als Kind aus Haiti in die USA eingewandert war, gründete 2017 an seiner High School in Boca Raton, Florida, den Verein »We Dine Together«. Seine Mitglieder kümmern sich darum, dass niemand beim Schulessen alleine sitzen muss.*

Die wenigsten Schülerinnen und Schüler der West Middle School aßen zusammen zu Mittag. Obwohl warme Speisen angeboten wurden, gingen die meisten mit einer Tüte Chips und einer Dose Cola oder Limo auf den Pausenhof. Alle hatten da ihre festen Plätze, auch Charlotte und Bridget, und so gingen sie auch an diesem Tag zu dem großen Baum beim Fußballplatz und setzten sich in den Schatten.

»Hey«, sagte Charlotte und blinzelte in die Sonne. »Ich hab mir gedacht, wenn du gerne was mit Sophie machen möchtest – vielleicht, keine Ahnung … Wir drei könnten doch zusammen irgendwo hingehen. Oder sie kommt mit zu mir nach Hause. Wir könnten die Kunstbücher von meinem Vater anschauen oder so.«

Bridget hatte es immer geliebt, in Charlottes Zimmer auf dem Boden zu sitzen mit einem von Mr. Lockards schweren Bildbänden. Beim Anblick von Michelangelos nackten Statuen hatten Charlotte und sie immer gekichert.

»Apropos Sophie und Kunstbücher«, sagte Bridget. »Sophie hat vorgeschlagen, einen Kunstclub zu gründen, und hat mich gefragt, ob ich mitmachen will. Dee Dee Montgomery macht auch mit. Sie ist in unserem Kurs.«

Charlotte hatte sehr wohl gehört, was Bridget gesagt hatte: *unser* Kurs, nicht *mein* Kurs. Dabei drehte sich ihr der Magen um.

»Wir haben gleich heute Vormittag alles durchgeplant«, fuhr Bridget fort. Dann warf sie sich einen Cheeto in den Mund. Bridget konnte eine ganze Tüte dieser Käseflips essen, ohne dass ihre Finger sich orange verfärbten. Das schaffte sie, indem sie sie nur zwischen den Spitzen ihrer lackierten Fingernägel hielt.

Seit wann lackierte sie sich eigentlich die Nägel?

»Magst du Sophie vielleicht zu mir nach Hause einladen?«, fragte Charlotte nach einer langen Pause. »Statt nach der Schule zu Red's zu gehen, meine ich. Vielleicht wären ja manche von den Kunstbüchern meines Vaters nützlich für euren Club.«

»Ich weiß nicht«, antwortete Bridget und seufzte. »Aber fragen kann ich sie ja.«

»Und wenn nicht, dann könnte ich dir bei den Hausaufgaben helfen. Also, wenn du nicht zu Red's gehst. Letzte Woche hast du gesagt, du brauchst jemanden, der mit dir für die Sozialkundearbeit lernt.«

Bridget starrte in die Cheetos-Tüte, als wären ihre Worte an die Käseflips gerichtet. »Ja, klar.« Und nach einer Pause: »Jetzt noch mal zu dem Kunstclub.«

Charlotte beobachtete eine Ameise, die vor ihnen durch den Sand krabbelte. »Ja?«

»Wir müssen uns wahrscheinlich in den Mittagspausen treffen. Sophie kann nämlich an den meisten Tagen nicht nach der Schule hierbleiben. Sie muss dann gleich zum Fußballtraining.«

Wieder schlug Charlottes Magen Purzelbäume. Einen. Noch einen. Und noch einen. Diese Purzelbäume beachteten nicht das Gesetz der Schwerkraft, sondern endeten in Charlottes Hals, wo sie einen riesigen Knoten bildeten.

»Aber Sophie ist doch beim Mittagessen gar nicht in unserer Gruppe«, brachte sie schließlich hervor.

Die Schüler waren in zwei Gruppen eingeteilt, die zu unterschiedlichen Zeiten in die Pause gingen. Im Sommer bevor sie in die Sechste gekommen waren, hatten Bridget und Charlotte gemeinsam den Wunschstein festgehalten und sich von ganzem Herzen gewünscht, in dieselbe Gruppe zu kommen.

»Beim Essen allein zu sitzen ist schlimmer, als tot sein«, hatte Bridget verkündet, während sie Charlottes Hand drückte, in der der Stein lag. »Hilf uns, Sphinx!«

Und auch wenn es ihnen ganz ernst war, so waren sie anschließend doch in wildes Gekicher ausgebrochen.

Als sie dann tatsächlich beide in der Gruppe A landeten, schrieben sie das den nicht zu leugnenden Kräften des ägyptischen Quarzsteins zu.

»Ich weiß«, antwortete Bridget. »Sie hat Freiarbeitszeit, wenn die Gruppe A Mittagspause hat. Aber sie hat schon gefragt, ob sie die Zeit für die Treffen des Kunstclubs nutzen darf.«

»Aber …«

Charlotte ließ das Wort in der Luft hängen und hoffte, Bridget würde daran anknüpfen.

Doch das passierte nicht.

## Das Leben aus Bens Sicht
## Teil VI

Das Einzige, was wir zu fürchten haben, ist die Furcht selbst, sagte einst Präsident Franklin Delano Roosevelt.

Als es zur sechsten Stunde läutete – Englisch für Fortgeschrittene –, hatte Ben sich schon wieder gefasst. Darin war er gut. Von seinem Vater hatte er gelernt, dass die richtige Einstellung zu den Dingen schon die halbe Miete sei. *Du kannst so schlau sein, wie du willst, ohne die richtige Einstellung bringt das alles nichts*, hatte sein Vater ihm eingeprägt.

Ben überlegte, welche Einstellung sein Vater wohl jetzt Bens Mutter gegenüber hatte, seit sie sich in diesem neuen Stadium der Evolution befanden.

Und welche Einstellung hatte sein Vater jetzt zu ihm?

Egal. Gestern mochte das vielleicht wichtig gewesen sein, jetzt spielte es keine Rolle mehr. Heute gab es Wichtigeres, worüber er nachdenken musste.

Sein Auftritt in der Cafeteria war leicht danebengegangen. Okay, okay – nicht nur leicht.

Aber Erfolge fliegen einem nicht in den Schoß. Niemandem. Ben musste an Darwins Galapagosfinken denken: Ihre

Schnäbel veränderten sich mit der Zeit und passten sich an das sich wandelnde Ökosystem an. Denn dieser Vogel hatte nicht einfach mit den Schultern gezuckt und gesagt: Tja, irgend so ein dahergeflogener Fink hat sich über meinen Schnabel lustig gemacht. Deshalb kümmere ich mich nicht mehr ums Überleben meiner Art, ich sterbe einfach aus. Stattdessen hatte der Fink seine Federn aufgerichtet und beschlossen: »Dann schärfe ich eben meinen Schnabel und revolutioniere das gesamte wissenschaftliche Denken!«

Etwas in der Art müsste Ben machen. Etwas Kühnes.

Etwas, wovon eines Tages die Geschichtsbücher berichten würden.

Sein Mut wuchs, und während seine Englischlehrerin am Smartboard literarische Begriffe erklärte, die Ben alle schon kannte, wurden immer neue Salven von Entschlossenheit in sein Gehirn abgefeuert. Seine Knie hüpften auf und ab, sie hatten Mühe, die grenzenlose Begeisterung eines Mannes mit einem Plan nicht nach außen dringen zu lassen, und plötzlich konnte Ben sich nicht mehr bremsen. Er sprang auf und stellte sich neben seinen Platz. So überstürzt passierte das, dass der Stuhl quietschend über den Boden schabte und alle Blicke, auch der der Lehrerin, sich auf Ben richteten.

Mit dem Stift, den er gerade in der Hand hielt, klopfte er ein paarmal auf sein Pult.

»Ms. Abellard, wenn ich darf, würde ich gern eine Ankündigung machen«, sagte er. Dabei konnte er kaum stillstehen und wippte auf den Zehen auf und ab.

Die Lehrerin zog die Augenbrauen hoch. Ihre Hand war immer noch auf den Begriff *Erzählbogen* gerichtet.

»Musst du zur Toilette?«, fragte sie.

John, Don und Eddie, Bens unmittelbare Banknachbarn, kicherten.

»Nein, Ms. Abellard«, antwortete Ben. »Ich wollte nur kurz eine Ankündigung zu meiner Kandidatur für das Schülerparlament machen.«

»Oh«, sagte die Lehrerin und sah sich unsicher im Raum um. »Also, ich …«

»Es geht ganz schnell«, unterbrach Ben sie. »Versprochen.«

Wieder schabte ein Stuhl über den Boden.

»Ms. Abellard, das wäre ein unfairer Vorteil!«, sagte Sherry Bertrand.

Uff! Wie konnte er vergessen, dass Sherry auch in diesem Kurs war?

Gut möglich, dass er sie bisher noch gar nicht bemerkt hatte.

Im Grunde, aber das wurde ihm erst jetzt bewusst, nahm er die anderen kaum wahr. Normalerweise richtete er den Blick nach vorne, hörte den Lehrern zu, machte sich Notizen oder hing seinen eigenen Gedanken nach, weil sein Gehirn ganz anders funktionierte als die Hirne der meisten Elfjährigen.

Was hatte er sonst noch alles nicht mitbekommen?

»Wenn Ben Boxer hier vor der ganzen Klasse eine ›Rede‹ halten darf, einfach so, dann will ich das auch!«, verkündete Sherry grinsend und verschränkte die Arme vor der Brust. Ben sah Sherry an. Ihre Lippen glänzten blassrosa. Gekleidet war sie wie die Schaufensterpuppen im Einkaufszentrum.

Ben räusperte sich und sah wieder die Lehrerin an. »Sie hat recht. Das wäre nur fair.«

Ms. Abellard wedelte mit dem Marker in der Luft. »Ich glaube nicht, dass dies der richtige Ort ist, um …«

Ben wandte sich zu Sherry um. »Du zuerst!«, sagte er.

Sherry schüttelte den Kopf, und ihr Pferdeschwanz flog von einer Schulter zur anderen.

»Nein, du zuerst, Ben Boxer. Unbedingt! Ich bitte darum!« Vorsichtig setzte sie sich wieder. Das Mädchen vor ihr drehte sich zu ihr um und flüsterte ihr etwas zu. Beide kicherten. Der Junge hinter ihr – Derrick Sowieso – tippte ihr kurz auf die Schulter und reckte einen Daumen hoch.

Für Ben reckte niemand einen Daumen.

Egal.

Wieder räusperte er sich. »Ich möchte mich für euch einsetzen.« Dabei beschrieb er mit der Hand einen Bogen über die Köpfe seiner Mitschüler. Irgendwo hatte er gelesen, dass Worte immer von den entsprechenden Gesten begleitet sein sollten. »Für jeden Einzelnen und jede Einzelne von euch.« Dabei zeigte er gezielt auf John, Dan, Jeffrey, Laurie, Eddie und sogar auf diesen Derrick Sowieso. »Aber dafür müsst ihr mich erst ins Schülerparlament wählen.« Er zeigte auf sich.

Niemand bewegte auch nur einen Muskel. Nicht einmal Ms. Abellard.

Hörten sie ihm überhaupt zu?

»Ich möchte gerne wissen, was ihr so denkt. Über unsere Schule und unser Schülerparlament. Ich möchte von euch« – er legte eine Hand hinters Ohr – »hören.« Dann zeigte er wieder auf sich. »Danke schön.«

In der Klasse war es völlig still. Ben setzte sich. Alle Mädchen und Jungen starrten ihn groß an, bevor ihre Blicke sich im Zeitlupentempo wieder der Lehrerin zuwandten.

»Danke, Ben.« Sie zeigte mit dem Marker auf Sherry. »Sherry? Möchtest du jetzt … etwas sagen? Aber fass dich kurz, bitte.«

Alle sahen jetzt wieder Sherry an, die grinsend sagte:

»Ich hab's mir noch mal überlegt, Ms. Abellard. Ich spare mir das, was ich sagen wollte, für meine große Rede am Freitag auf.«

Leises Gekicher verbreitete sich im Raum und dröhnte in Bens Ohren. Sie hatten ihm doch zugehört – oder?

Gekichert hatten sie doch wegen Sherry – oder?

*Du machst dich, Ben Boxer. Dies ist deine Evolution.*

*Du bist ein Fink.*

## Vermutlich nicht

Nachrichten aus dem Kaninchenbau: *Zu einem Erdbeben kommt es, wenn die tektonischen Platten der Erde nach langer gradueller Reibung extreme Spannung erleben und aufbrechen. Ständig bebt irgendwo auf der Welt die Erde, doch meistens merken die Bewohner gar nichts davon.*

Charlotte starrte ihre Biologielehrerin ausdruckslos an. Zum ersten Mal seit Tagen dachte sie nicht unablässig an ihren Vater, stellte sich nicht die Schläuche in seiner Nase und seinem Arm vor. Doch ebenso wenig waren ihre Gedanken bei den wissenschaftlichen Theorien, um die es gerade im Unterricht ging. Stattdessen dachte sie an einen Besuch in ihrem Kaninchenbau, bei dem sie zum ersten Mal von »stillen Erdbeben« gehört hatte.

Wissenschaftler sprechen von »slow slips« oder »episodischen Beben«. Man kann sie nicht fühlen. Dabei fällt kein Geschirr zu Boden und zerbricht scheppernd.

So ähnlich fühlte sie selbst sich auch gerade: so als öffnete sich lautlos die Erde unter ihr.

Red's. Der Kunstclub.

*Na und?*, sagte sich Charlotte.

*Was ist schon so toll daran?*, dachte sie.

Doch in Wirklichkeit wartete sie auf ein Grollen. Ein Bersten. Eine Explosion.

»Erde an Charlotte Lock-Nerd. Hör auf zu sabbern und gib die Papiere weiter.«

Tori Baraldi, die Banknachbarin, wedelte mit einem Stapel Papiere vor Charlottes Gesicht herum.

Charlotte nahm sich ein Blatt und gab die übrigen weiter. Dann stellte sie mit Schrecken fest, dass es sich um einen Test handelte.

1. Erkläre in einem Wort die Bedeutung von *Echino* in der Aussage: Seeigel gehören zum Stamm der Echinodermaten.
2. Beschreibe die Funktion des Radialnervs beim Seeigel.
3. Welche Funktion hat die Ampulle beim Seeigel?

Charlotte kaute an ihrem Bleistift und stellte sich ein anderes Szenario vor, eines, in dem sie mit Bridget und Sophie ins Red's ginge. Sie malte sich aus, wie sie zu dritt an einem Tisch saßen, vor sich ein paar Käsescheiben ohne alles. Aus irgendeinem Grund bestellten Mädchen bei Red's keine Beilagen. Sie unterhielten sich … Ja, worüber? Über Kunst? Van Gogh?

Nach dem Gespräch mit Charlottes Vater über van Gogh – an dem Tag, als sie von ihm die zwanzig Dollar bekamen – hatte Bridget angefangen, sich über die Postimpressionisten zu informieren. Inzwischen sah sie sich bereits als Expertin und wollte unbedingt ins Museum, um die Sonnenblumen zu sehen. Van Gogh sei ein Genie gewesen, sagte sie zu Charlotte. Über solche Dinge unterhielten Bridget und Sophie sich vermutlich in ihrem Kunstclub. »Van Gogh – der Mann war echt ein Genie, oder?«, sagte Bridget wohl, und Sophie antwortete vielleicht so etwas wie: »Das kannst du wohl laut sagen! Picasso dagegen wird ja so was von überschätzt!«

Charlotte stellte sich vor, was sie an der Stelle einwerfen könnte. »Habt ihr gewusst, dass ein Buchstabensalat von Pablo Picasso *Alcopops* ergibt? Und aus Vincent van Gogh kann man *Noteingang* machen oder *Giganten*. Spannend, oder?«

Selbst in Charlottes Vorstellung starrten die beiden sie nur verständnislos an.

Der Tag, an dem Mr. Lockard ihnen von van Gogh erzählt hatte, war gleichzeitig der letzte Tag gewesen, an dem sie sich gemeinsam mithilfe von Sphinx etwas gewünscht hatten. Das letzte Mal, dass sie bei Red's gewesen waren. Das letzte Mal, dass Charlotte ihren Vater über Kunst hatte sprechen hören.

*Stachel* schrieb sie als Antwort auf die erste Frage in ihrem Test. In Gedanken war sie wieder bei dem Tag, an dem sie zu ihrem Vater gesagt hatte, er sei peinlich – auch wenn sie das nicht so gemeint hatte. Was, wenn sie nicht mit Bridget zu Red's gegangen wäre, wo sie ohnehin nur so getan hatten, als gehörten sie dorthin, während sie sich in Wirklichkeit völlig fehl am Platz gefühlt hatten? Wenn sie stattdessen lauter Fragen an den Vater gerichtet hätte? *Wieso hat van Gogh sich das Ohr abgeschnitten? Wieso malte er Gegenstände nicht genau so, wie sie aussahen? Wieso sehen seine Gemälde aus wie Bilder aus einem Traum? Wollte er sie so malen, oder sind sie ihm einfach missraten?*

Charlotte wusste, dass beim Seestern alle Sinnesreize sowie Erinnerungen über den Radialnerv geleitet wurden, doch vor ihren Augen verschwamm alles, und dann fiel eine dicke Träne genau auf die Zeile, in der die Antwort auf die zweite Frage stehen sollte, und durchnässte das Papier in einem vollkommenen Kreis. Mit den Handballen versuchte Charlotte, die Tränen zurückzudrängen. Sie zog die Nase hoch. Sollte jemand fragen, was los sei, würde sie behaupten, sie habe eine Allergie.

*Hey, Charlie – alles okay?*

*Ja, klar. Bloß meine Allergie.*

Doch niemand fragte.

## Das Leben aus Bens Sicht Teil VII

Der Esstisch der Familie Boxer war bedeckt mit großen weißen Bögen Plakatkarton und breiten Permanentmarkern, alle in Schwarz. Irgendwo hatte Ben gelesen, als Erstes müsse man ein Markenzeichen haben. Wo zum Beispiel ein McDonald's war, erkannte jeder Mensch schon von Weitem, denn die goldenen Bögen des M über dem Schriftzug waren bei jeder Filiale gleich. Genauso würde es bei ihm sein. Alle seine Wahlkampfplakate würden gleich aussehen: schwarze Schrift auf weißem Hintergrund. Auch sein Slogan sollte kurz und einprägsam sein. BEN BOXER – Einer für alle. Das klang vielleicht zu sehr nach Huey P. Long, dem einstigen Gouverneur von Louisiana, mal abgesehen von der Korruption, seiner Ermordung und so weiter.

Sieben Plakate hatte er besorgt, und alle waren für den Flur der sechsten Klassen vorgesehen. Sein Plan stand fest: Heute wollte er die Plakate fertig machen und sie morgen schon ganz früh aufhängen. In der Mittagspause wollte er an seiner Rede arbeiten. Es war, als würde er mit Sherry ein Wettrennen veranstalten, aber egal. Sein Kopf war eine gut geölte Maschine, und so würde Ben siegreich aus allem hervorgehen, erst aus der Wahl zum Schülerparlament und dem Wettstreit mit Sherry Bertrand, dann aus der Mittelschule und der Pubertät. Schließlich würde er die ganze Welt gewinnen.

»Bist du sicher, dass du das Ganze nicht etwas bunter gestalten willst?« Seine Mutter fing schon wieder an zu glucken.

»Nein. Ich brauche ein einprägsames Markenzeichen. Erinnerst du dich?«

»Ach so, ja.« Mr. Boxer war noch nicht ausgezogen, aber zu Hause war er auch nicht, was für diese späte Stunde schon ungewöhnlich war. Andererseits – was war zurzeit schon wie gewöhnlich? Vielleicht war er in seiner neuen Wohnung, wo auch immer die sein mochte. *Hier kommt die neue Couch hin, und hier der Flachbildschirm.* Vielleicht sagte er das gerade zu seinen unverheirateten neuen Bekannten, wer auch immer die waren.

Noch eine Woche zuvor hätte Ben gefragt: »Hey – wo ist Dad?«, doch jetzt ließ er zu, dass die Abwesenheit des Vaters den Raum erfüllte und allen Fragen die Luft nahm.

Ohnehin musste er sich auf seine Plakate konzentrieren.

Als er fertig war, hatte er Kopfschmerzen vom beißenden Geruch der Marker. Außerdem hatte er Hunger, schließlich hatte er das Mittagessen ausfallen lassen.

Als sein Vater nach Hause kam, stand Ben am Fußende seines Bettes und betrachtete nachdenklich die Sachen, die er sich für den nächsten Tag rausgelegt hatte. Wenn Sherry Bertrand wie ein kleines Model auftreten würde, dann musste auch er nach etwas aussehen. Wie ein Mann mit einem Ziel, so müsste er rüberkommen.

»Was hast du vor?«, fragte sein Vater, der kurz geklopft hatte und sofort eingetreten war.

Ben löste den Blick nicht vom Bett. Dunkelgrünes Oberhemd? Oder doch das weiße? Welche Krawatte dazu?

»Ich überlege, was ich morgen am besten anziehe«, sagte er.

Sein Vater stellte sich neben ihn. »Du schmeißt dich in Schale? Besonderer Anlass?«

Benny zuckte nur mit den Schultern.

»Möchtest du über irgendetwas reden?«

»Eigentlich nicht. Es sei denn, du hast eine klare Meinung dazu, ob ich das grüne oder das weiße Hemd nehmen sollte.«

Schweigend standen sie nebeneinander, Vater und Sohn, und betrachteten Bens vorläufige Garderobenauswahl.

»Das weiße«, sagte Mr. Boxer.

Ben nahm das grüne Hemd und hängte es an seinen Kleiderschrank. Dort sollte am Ende alles hängen, was er am nächsten Tag anziehen wollte. Das weiße warf er in den Wäschekorb, auch wenn es ganz sauber war. Im nächsten Moment sandten die Götter ihm ein unverhofftes Geschenk: Sein Handy läutete, und der Klingelton zerschnitt die Spannung im Raum. »Das ist meine Freundin Lottie«, sagte Ben in einem Ton, der klarmachen sollte, dass er allein sein wollte.

Sein Vater verstand den Hinweis und ging ohne ein weiteres Wort aus dem Zimmer.

Dabei war es gar kein Anruf. Es war nur die Benachrichtigung, dass Lottie endlich ihren Spielzug gemacht hatte. Sie hatte NIMMER vor Bens MEHR angelegt.

NIMMERMEHR.

»Wem sagst du das?«, kommentierte Ben.

# In Reih und Glied

Nachrichten aus dem Kaninchenbau: *Der Zauberwürfel ist ein dreidimensionales Drehpuzzle, das 1974 von Ernö Rubic erfunden wurde, einem ungarischen Bauingenieur und Architekten. »Wenn du neugierig bist, wirst du die Rätsel um dich herum finden. Wenn du entschlossen bist, wirst du sie lösen.« Weltweit wurden bisher rund dreihundertfünfzig Millionen Zauberwürfel verkauft.*

Bridgets Bruder Gordo hatte mal eine Phase gehabt, in der er jedes Mal, wenn Sergeant, der Hund der Familie, bellte, mitbellte. Was den Lärm im Haus der MacCauleys etwa verzehnfachte. Inzwischen war er neun und hatte mit dem Bellen aufgehört. Stattdessen nervte er alle Leute so lange, bis sie taten, was er wollte. Gerade jetzt pestete er Charlotte. Sie sollte seinen Zauberwürfel lösen.

»Mach doch! Bittebittebitte!«, sagte er und fuchtelte mit dem Würfel vor Charlottes Gesicht herum, während sie und Bridget für Bridgets Sozialkundetest lernten. Die beiden saßen am Küchentisch der MacCauleys und lernten alles über die Verfassunggebende Versammlung. Bridgets Block war über und über mit Gänseblümchen und Sonnenblumen dekoriert. Außer in Kunst passte sie nämlich in keinem ihrer Fächer auf. Stattdessen verlor sie sich in Tagträumen, in denen sie sich als berühmte Künstlerin in New York sah.

Charlottes Vater hatte einmal gesagt, für jeden Menschen gebe es in einer noch verschwommenen Zukunft ein Irgendwann. Dann würde das Leben nach Plan verlaufen, alle Träume würden wahr, und alles würde im richtigen Tempo passieren. Das sei es, was den Menschen helfe, schwierige Zeiten durchzustehen, hatte Mr. Lockard gesagt. Zu Bridgets Irgendwann gehörten ein eigenes Atelier, Leinwände voller Farben, Galerien. Charlotte dagegen sah sich in ihrem Irgendwann am Fuß eines Vulkans oder einer ägyptischen Pyramide, wo sie Bodenproben aus der Erde holte und untersuchte, Obsidian oder Bimsstein. Mit kleinen Bürsten reinigte sie die Proben. Einige nahm sie mit ins Labor, um das Alter von Klippen und Bergen zu schätzen.

»Wir müssen arbeiten, du Depp«, sagte Bridget. Dann lehnte sie sich zurück und brüllte: »Dad! Ich muss für einen Test lernen, aber dieser Depp stört uns die ganze Zeit!«

Die MacCauleys brüllten immer, auch wenn sie nicht wussten, wo im Haus der andere war. Bei Charlotte zu Hause brüllte niemand. »Sprich mit deiner Innenstimme«, sagte ihre Mutter und meinte damit, Charlotte solle leise sprechen.

»Du sollst deinen Bruder nicht beschimpfen«, brüllte Bridgets Vater zurück. Bridget schubste ihren Bruder weg vom Tisch, was nicht schwierig war, denn Gordo war mager und drahtig. Er stolperte rückwärts, fing sich aber sofort, sodass er im nächsten Moment schon wieder neben Charlotte stand und mit dem Würfel vor ihrem Gesicht herumfuchtelte. Im selben Moment polterte etwas nebenan. Das war vermutlich Donnie, der Siebenjährige, der ständig irgendwo runtersprang.

»B-b-b-bitte, Charlotte«, bettelte Gordo. »Dauert doch bloß zwanzig Sekunden.«

Charlotte legte den Stift weg. »Meinetwegen!«

»Bloß nicht!«, sagte Bridget. »So lässt er uns nie in Ruhe!«

»Wohl!«, sagte Gordo. »Sie soll ihn ja nur ein Mal lösen.«

Gordo zählte die Sekunden, während Charlotte den Würfel von allen Seiten untersuchte. Das Problem war gelöst, als Gordo gerade bei einundzwanzig ankam.

»Eine Sekunde länger als letztes Mal!«, stellte er fest. »Du solltest mehr üben.«

Bridget schubste ihn wieder weg. »Das sagt der Richtige. Du würdest doch zwanzig Jahre dafür brauchen.«

Gordo nahm den Würfel und drehte ihn immer weiter in seinen kleinen Händen. »Stirbt dein Dad, Charlotte?«

Bridget schnappte erschrocken nach Luft und schubste ihn erneut, aber dieses Mal so heftig, dass ihr Bruder auf dem Po landete.

»Halt endlich die Klappe, Gordo!«, rief Bridget. »Lieber Himmel, du bist so ein Idiot!«

Gordo stand auf und rieb sich den Po. »Ich hab doch bloß gefragt.«

»Raus jetzt, du Depp!«

Gordo zog ab und brüllte seinem Vater durch den ganzen Flur hindurch zu, dass Bridget ihn Depp genannt und gegen die Wand gestoßen habe, was nicht ganz der Wahrheit entsprach. Doch schon kurz darauf hörten sie ihn mit Donnie spielen. Die beiden sprachen über *die Macht,* und ihre Worte wurden untermalt von leisem Säbelschlagen.

Sergeant trottete heran und stellte sich auffordernd neben Charlotte, die ihm die Ohren kraulte.

»Tut mir leid, mein Bruder ist so ein Idiot«, sagte Bridget. Dann schnippte sie mit den Fingern und rief nach Sergeant, der auch gleich um den Tisch herumkam und sich zu Bridgets Füßen niederließ.

»Kein Problem«, sagte Charlotte, dabei war ihr zumute, als säße ein schwerer Stein auf ihrer Brust. Am liebsten hätte sie gesagt: *Es ist ja nicht so, als würde ich mich nicht dasselbe fragen. Manchmal denke ich so viel darüber nach, dass es mich wundert, wenn noch Platz für irgendwelche anderen Gedanken ist. Aber es ist trotzdem seltsam, wenn jemand anderes die Frage laut ausspricht. Weißt du, was ich meine? Es ist, als hörte man seine eigenen Gedanken plötzlich laut, wo man doch dachte, es wären ganz allein die eigenen. Hast du so was schon mal erlebt?*

»Du solltest nicht einfach so nachgeben«, fuhr Bridget fort. »Meine dummen Brüder müssen lernen, dass sie nicht alles kriegen können, was sie wollen. Die sind sowieso schon so verwöhnt.«

»Ich dachte, wenn ich ihm schnell den Würfel löse, lässt er uns in Ruhe«, sagte Charlotte. »Das dauert ja nur ein paar Sekunden.«

»Das weiß doch jeder, dass du ein Genie bist und gerade mal zwanzig Sekunden dafür brauchst«, murmelte Bridget.

Der Stein rutschte von Charlottes Brust in die Bauchgegend.

»Einundzwanzig, genau genommen«, sagte sie. Das sollte ein Scherz sein, aber Bridget lachte nicht.

»Habt ihr schon viele Mitglieder für euren Kunstclub?«, fragte Charlotte schnell. Sie wollte unbedingt das Thema wechseln.

Bridget zuckte mit den Schultern. »Bisher erst Sophie, Dee Dee und ich.« Sie tippte mit dem Bleistift aufs Papier. »Ich habe Sophie gefragt, ob du auch mitmachen könntest. Sie ist die designierte Präsidentin des Clubs, und sie will nur richtig kunstbegeisterte Mädels dabeihaben. Aber vermutlich hast du sowieso nicht ernsthaft Lust, bei uns mitzumachen.«

Charlotte wusste nicht, was sie sagen sollte, also schaute sie sich nur in der Küche um und machte im Stillen Buchstabensalat aus Sophie Seong.

*Honigsee. Genesis. Heiß. Geiß.*

In dem Moment sah sie sie. Neben der Haustür, wo die MacCauleys immer ihre Schuhe auszogen. Alle standen sie da, in Reih und Glied, auch Charlottes.

Wieso war ihr das bisher nicht aufgefallen?

»Was ist das denn?«, fragte sie und zeigte mit dem Bleistift in Richtung Tür.

Bridget sah kaum auf. »Ach so, das. Mein Dad hat mir ein paar Vans gekauft.«

Charlottes Zehen rollten sich ein. »Im Ernst?«

»Sind doch bloß Schuhe«, antwortete Bridget. »Keine große Sache.«

Stilles Erdbeben.

## Das Leben aus Bens Sicht Teil VIII

Um in eine Unterhaltung einzusteigen, war es manchmal das Beste, so zu tun, als wäre man schon mittendrin. Den ganzen Small Talk einfach wegzulassen. Das hatte Ben irgendwo gelesen. Und so kam es, dass er Lottie an diesem Abend gleich mit dem Satz überfiel: »Ich muss dir was beichten.«

Nach kurzem Schweigen sagte Lottie: »Ich höre.«

»Ich wünschte, ich wäre größer.«

Eine Studie aus dem Jahr 2004 hatte gezeigt, dass große Menschen erfolgreicher sind. Einem Zeitungsartikel zufolge verdiente ein Mensch, der über einen Meter achtzig groß ist, im Laufe einer dreißigjährigen Berufstätigkeit rund einhundertsechsundsechzigtausend Dollar mehr als jemand, der gerade mal einen Meter fünfundsechzig groß war.

Als Lottie wieder schwieg, sagte Ben: »Du bist dran.«

»Womit?«

»Mit Beichten.«

Ben benutzte Ohrhörer, so konnte er gleichzeitig Minecraft spielen und mit Lottie telefonieren. Gerade war er dabei, neben seinem Ackerland einen See anzulegen.

Seine Zimmertür hatte er wieder abgeschlossen.

»Ich habe nichts zu beichten«, sagte Lottie.

»Das hat doch jeder.«

»Ich nicht.«

»Okay.« Ben überlegte kurz. Dabei fielen ihm Sherry Bertrand und ihre Freundin Lilabändchen ein. »Wenn du etwas an dir ändern könntest, was wäre das?«

»Ähm – nichts.«

»Nichts?«

»Nichts.«

»Irgendwas muss es doch geben.«

»Nee. Mir fällt nichts dazu ein. Außerdem halte ich sowieso nichts davon.«

»Wovon?« Ben betrachtete seinen See aus allen Blickwinkeln.

»Davon, sich ändern zu wollen. Man sollte zufrieden damit sein, wie man ist.«

Das machte Ben verlegen, und ihm wurde ganz heiß.

»Du hast recht«, antwortete er und bemühte sich dabei, möglichst locker zu klingen. »Im Grunde bin ich auch groß genug.« Wo kam das jetzt her? »Ich fände es nur einfach gut, fünf Zentimeter größer zu sein. So eins achtzig.« Im Laufe eines einzigen Satzes war Ben etwa dreißig Zentimeter gewachsen. Sein Herz klopfte heftig, so als könnte Lottie ihm durchs Telefon ansehen, dass er log.

»Siehst du?«, sagte sie. »So wie du bist, ist es in Ordnung.« Ihre Stimme klang hell, gleichzeitig aber schien sie von weit weg zu kommen, und das verstand Ben nicht.

Mädchen waren ein einziges Rätsel.

»Wie läuft es mit deiner Kandidatur fürs Schülerparlament?«, fragte Lottie.

»Oh, gut. Richtig gut. Ich bin dabei, mich als Kandidat bekannt zu machen. Wahlkampf, verstehst du? Mittags arbeite ich mich in der Cafeteria durch die Menge und gehe von Tisch zu Tisch. Ich habe ein ganzes Team, das mir zuarbeitet.« Ach ja? Jetzt war er nicht nur gewachsen, sondern hatte auch noch ein Wahlkampfteam?

»Wow.«

»Tja, wenn man gewinnen will, muss man klotzen, nicht kleckern.« Er zögerte kurz, dann ließ er die nächste Lüge über seine Zunge rollen. »Ich habe eine Vertraute im Seki, Danielle. Sie sagt, ich liege jetzt schon vorn. Morgen gehe ich meine Bewerbungsrede noch mal durch und gebe ihr den letzten Schliff.«

»Du musst eine Rede halten?«

»Vor der ganzen Schule. Am Freitag.« Dieser Teil stimmte immerhin. »Ich versuche, alles mitzunehmen, was die Schule so zu bieten hat.«

Darauf folgte ein peinliches Schweigen, das beide gleichzeitig zu beenden versuchten.

»Du zuerst«, sagte Ben, nachdem sie über ihre gleichzeitig gesprochenen Sätze gestolpert waren.

»Ich musste gerade an Intelligenztests denken.«

»Was ist damit?«

»Ich fände es interessant, wenn es andere Tests gäbe. Zum Beispiel Beliebtheitstests statt Intelligenztests.«

»Hm.« Ben dachte an die Mädchen mit den farbigen Haarbändern und auch an die Schaufensterpuppen im Einkaufszentrum. Die hochgereckten Daumen und die Baseballkappe mit dem Logo der LSU Tigers. »Wonach würden sie fragen? Was meinst du?«

»Keine Ahnung.« Sie zögerte kurz, dann sagte sie: »Wahrscheinlich müsste man die richtigen Turnschuhe besitzen. So was in der Art.«

»Sportlich sein vielleicht auch?«

»Klar! Fußball spielen.«

»Und Football.«

»Und Schach.«

Beide lachten.

»Hey – wir könnten uns doch auf Schach verlegen!« Schon sah Ben seinen Spielernamen Ben Boot auf einem Leaderboard vor sich. Allerdings war seine Technik im Schach eher dürftig. Aber wenn er genug trainierte …

»Nee«, antwortete Lottie. »Dafür macht es mir viel zu viel Spaß, dich beim Scrabble zu schlagen.«

Wieder folgte ein peinliches Schweigen, bis Lottie sagte: »Jetzt ist mir was eingefallen, was ich beichten könnte.«

»Okay – schieß los.«

»Ich könnte den Rest meines Lebens Gummibärchen essen.«

»Schlecht für deine Zähne.«

»Egal«, sagte Lottie. »Dann lass ich mir ein Gebiss machen.«

»Sie sollten Xylitol in Gummibärchen tun.«

»Was ist Xylitol?«

»Ein Zusatzstoff, der Karies verhindern soll«, sagte Ben. Bei einem Blick nach unten fiel ihm auf, dass seine Hände still in seinem Schoß lagen. Irgendwann im Laufe der kurzen Unterhaltung hatte er offenbar aufgehört, an seinem See zu arbeiten.

»X-Y-L-I-T-O-L?«

»Genau«, sagte Ben.

»Till. Toll. Olli.«

»Ah – du machst Buchstabensalat?«

»Genau.«

In dem Moment wurde ein überwältigender Wunsch regelrecht schmerzhaft in Ben wach. Er konnte sich nicht erinnern, wann er sich zuletzt etwas so heftig gewünscht hatte. Fast – aber nur fast! – legte sich ein Schleier über seine Augen, doch er erlaubte es sich, den Gedanken ein einziges Mal zu denken, bevor er ihn beiseiteschob und in irgendeiner Ecke seines Gehirns versteckte.

*Ich wünschte, Lottie Lock ginge auf meine Schule. Dann hätte ich jemanden, mit dem ich mittags in der Cafeteria zusammensitzen könnte.*

# MITTWOCH

Hypothese, die: *Annahme, zunächst unbewiesene Aussage*

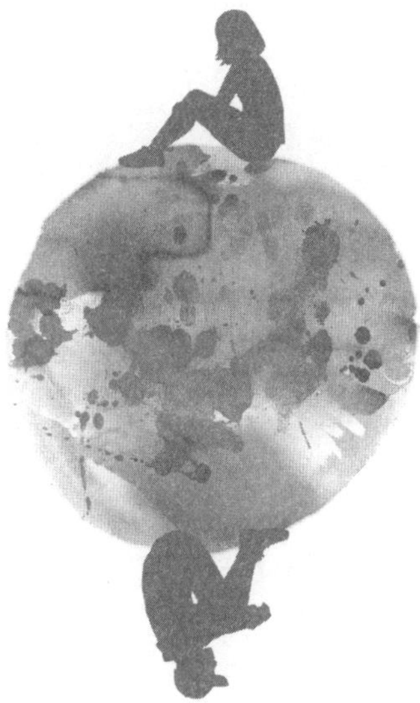

## Das Leben aus Bens Sicht
## Teil IX

Adrett gekleidet und voller Adrenalin betrat Ben am nächsten Morgen die Schule, zwanzig Minuten früher als sonst. Über die Schulter hatte er sich einen Stoffbeutel mit sorgsam aufgerollten Wahlplakaten gehängt.

Mr. Higgins, einer der Wachleute der Schule, saß am vorderen Eingang an einem Tisch und las in einem dicken Buch. Selbst aus der Entfernung erkannte es Ben am Umschlag: »Dune – der Wüstenplanet«.

»Tolles Buch!«, sagte er im Näherkommen. Die Flure waren noch menschenleer, und so kam das Echo seiner Stimme zurück. »An welcher Stelle sind Sie gerade?«

»Alia ist soeben gefangen genommen worden«, antwortete Mr. Higgins. Dann legte er das Buch aufgeschlagen aus der Hand und sah Ben fragend an. »Du hast es gelesen? Das sind doch glatt, warte mal, zweitausend Seiten.«

»Die Taschenbuchausgabe hat nur neunhundert, wenn ich mich recht entsinne«, antwortete Ben. Er tippte mit einem Finger auf ein Klemmbrett mit einem Formular, neben dem ein Schild mit der Aufschrift »Bitte hier eintragen« hing. »Ich bin Schüler, deswegen weiß ich nicht, ob ich mich hier eintragen muss oder nicht. Ich bin nur so früh gekommen, weil ich noch vor der ersten Stunde meine Plakate aufhängen will.« Dabei klopfte er auf seinen Beutel. »Ich heiße Ben Boxer, und ich kandidiere für den Posten des Kassenwarts zum Schülerparlament. Um mich langsam zum Vorsitzenden hochzuarbeiten.«

»Na dann, künftiger Herr Vorsitzender«, sagte Mr. Higgins, »nur zu!« Dabei machte er eine Handbewegung zum leeren Flur hin.

»Danke sehr«, sagte Ben.

*Künftiger Herr Vorsitzender,* das hatte sich gut angehört, fand Ben und spielte sich die Szene immer wieder im Kopf vor, während er mit seinen blitzblanken Lederschuhen durch die Korridore seiner Schule ging. Das Echo seiner Schritte bildete den Takt zu den Worten *Künf-ti-ger Vor-sit-zen-der.* Wie bei einer Militärparade kam er sich vor. Dann stand er auch schon vor der ersten freien Wand im Flur der sechsten Klassen und strich mit der Hand über die Porenbetonsteine, um sich zu vergewissern, ob das Paketklebeband auch haften würde. Dann setzte er die Tasche ab und holte das erste Plakat heraus. Schwarze Schrift auf weißem Untergrund.

Er wollte nicht nur eine Marke sein. Seit er sich voll und ganz in diese Sache gestürzt hatte, wollte er auch wirklich etwas verändern. Die Lanester Middle School sollte sich weiterentwickeln. Erst einmal brauchte sie ein neues Maskottchen anstelle des rotgesichtigen Indianers, den Ben als rassistisch empfand. Wie wär's mit dem Lanester-Löwen? Außerdem könnte man das Verkaufsangebot in der Schule erweitern. Vor allem aber: Das Müllproblem müsste dringend angegangen werden. Viel mehr Abfall sollte wiederverwertet werden. Ben würde kein typischer Politiker sein. Er wollte das Ohr am Mund der Schüler haben.

So menschenleer fühlte sich der Flur völlig anders an. Die Schließfächer in ihren endlosen Reihen waren alle geschlossen, ebenso wie die Türen zu den Klassenräumen. Als er den ersten Streifen Klebeband abriss, kam das Geräusch als Echo zu ihm zurück. Am liebsten hätte er laut seinen Namen gerufen, um sein eigenes Echo zu hören, doch er wollte nicht, dass Mr. Higgins angerannt kam, um zu fragen, was dieser Lärm eigentlich solle. Außerdem wollte er den Mann ungern in seiner Lektüre stören.

Während Ben sich auf die Zehenspitzen stellte, um sein Plakat aufzuhängen, dachte er darüber nach, was für ein seltsames Phänomen der Schall doch war. Wenn die Flure voller Schüler waren, prallte der Schall an zu vielen Oberflächen ab, und so konnte kein Echo entstehen. Jetzt hingegen könnte er nach Lust und Laune irgendetwas rufen, um dann zu hören, wie es in den weit offenen Raum zurückschallte.

Durch nichts fühlt man sich so einsam wie durch ein Echo.

## Dieses unerklärliche, ungute Gefühl

Nachrichten aus dem Kaninchenbau: *Viele Menschen berichten, dass sie kurz vor schrecklichen Ereignissen plötzlich Angst empfunden haben. Wissenschaftler sind sich nicht einig, wodurch solche Ängste ausgelöst werden. Manche sind der Ansicht, dass Menschen unterschwellige Hinweise erhalten, ohne es zu wissen, durch Körpersprache oder peripheres Sehen, also Wahrnehmungen am Blickfeldrand. Andere glauben, dass das menschliche Gehirn unbewusst ununterbrochen Probleme und Lösungen bearbeitet und wir deswegen manchmal Ahnungen haben, die wir uns nicht erklären können.*

Eine Frau in Minnesota nahm jeden Tag denselben Weg zur Arbeit und zurück. Doch an einem Nachmittag im August hatte sie plötzlich ein ungutes Gefühl, so als könnte etwas passieren, also wählte sie für den Heimweg im Auto eine andere Strecke. Später erfuhr sie, dass eine Brücke eingestürzt und in den Mississippi gestürzt war – dieselbe Brücke, über die sie eigentlich gefahren wäre.

In ihrem Kaninchenbau las Charlotte alles, was sie über solche Vorahnungen finden konnte. Ein Wissenschaftler war der Ansicht, dass Menschen über einen inneren Sinn verfügten, der sie warnte, wenn irgendetwas nicht stimmte, doch erklären konnte er es nicht. Dieser Sinn sei einfach da, eine Art inneres Leuchtfeuer, das bei Gefahr Alarm auslöste.

Als Charlotte an diesem Morgen in die Schule kam, kurz vor dem Läuten, verspürte sie so ein inneres Leuchtfeuer. Bridget hatte ihr morgens geschrieben, sie sei spät dran und könne deshalb nicht zu ihrem üblichen Treffpunkt im Foyer kommen. Charlotte fühlte sich immer seltsam, wenn Bridget entgegen ihrer üblichen Routine nicht da war. Wie die zersägte Frau im Zaubertrick, deren Kopf in der Luft schwebte, bis der Magier ihn ihr wieder aufsetzte.

Dann entdeckte sie Sophie, die gerade Bücher in ihr Schließfach räumte, und beschloss spontan, mit ihr über den Kunstclub zu sprechen.

Sie tat so, als käme sie ganz zufällig vorbei, dabei lag ihr Klassenraum in der entgegengesetzten Richtung.

»Hi, Sophie«, sagte sie lächelnd und schob beide Hände in die Taschen. Sie bemühte sich, völlig entspannt auszusehen, so als könnte ihr nichts und niemand etwas anhaben.

Sophie blickte überrascht auf, lächelte aber herzlich zurück. »Oh – hi, Charlotte.«

»Ähm – Bridget hat mir von eurem Kunstclub erzählt.«

»Ach so, ja … Sie hat immer so tolle Ideen, stimmt's?«

»Stimmt, sie ist wirklich kreativ«, antwortete Charlotte und biss sich kurz auf die Unterlippe. »Ich hab mir überlegt … Ich meine, ich weiß, euer Club ist mehr für die wirklich kunstbegeisterten Mädchen gedacht, aber ich würde gern mal reinschnuppern. Ich bin zwar nicht so künstlerisch veranlagt, aber es macht bestimmt viel Spaß. Vielleicht könntet ihr mal überlegen, ob ich bei euch mitmachen kann?« Schnell fügte sie noch hinzu: »Vielleicht erst mal auf Probe?«

Sophies Lächeln war langsam verschwunden, sie zog irritiert die Augenbrauen zusammen.

»Oh – ähm … Ehrlich gesagt, habe ich mit der Aufnahme von neuen Mitgliedern nichts zu tun.«

»Ich dachte, du wirst die Präsidentin.«

»Na ja, vermutlich. Offiziell sind noch keine Posten vergeben.«

»Oh.«

»Heute Mittag haben wir unser erstes Treffen«, sagte Sophie und schloss ihr Fach. »Dann frag ich mal rum, wie die anderen darüber denken. Ob wir uns feste Regeln geben, was Mitglieder angeht und so. Ich hab wirklich keine Ahnung, ob es da schon Pläne gibt.«

»Klar«, sagte Charlotte. »Danke.«

Während sie Sophie nachschaute, hörte sie das eben geführte Gespräch im Kopf noch einmal. Es kam ihr vor, als hätte sie eine Vorahnung.

*Sie hat immer so tolle Ideen, stimmt's?*

Dabei hatte Bridget doch gesagt, der Kunstclub sei Sophies Idee gewesen. Egal: Vorahnungen betrafen Ereignisse, die noch nicht eingetreten waren, nicht Sachen von gestern.

Was sollte das also?

*Du denkst zu viel*, ermahnte Charlotte sich selbst. *Das ist alles.*

## Das Leben aus Bens Sicht Teil X

Wasserflaschen aus Plastik fand man in der Schule an jeder Ecke, aber Ben konnte sich nicht dazu durchringen, aus Einwegflaschen zu trinken. Nicht, solange jeder Quadratkilometer der Meere zigtausend Plastikteile enthielt. Also brachte Ben sich eine Trinkflasche von zu Hause mit und füllte sie in der Schule an einem Wasserhahn auf. Das Wasser schmeckte zwar, als hätte er sich eine Handvoll Kupfermünzen in den Mund gestopft, aber egal: Er musste viel trinken, damit er am Freitag bei Stimme war, wenn er seine große Rede hielt.

Er hatte gerade sein Schließfach geschlossen und einen großen Schluck Wasser getrunken, als Theo auf ihn zuschlenderte, zusammen mit einigen Gleichgesinnten (darunter auch dieser Derrick Sowieso). Theos Miene erinnerte Ben an eine Szene aus *Harry Potter und die Kammer des Schreckens*. Darin stand Severus Snape da in seinem schwarzen Talar und lächelte Harry und Ron auf eine Weise an, die großen Ärger verhieß.

Eine schwarze Robe trug Theo zwar nicht, trotzdem …

»Hi, Benny«, sagte Theo und blieb direkt vor Ben stehen.

Ben fragte sich, ob er ihn wohl in sein Schließfach schubsen wollte. War das nicht so üblich in solchen Situationen?

»Hübsche Krawatte.«

Allerdings! Seine Mutter hatte sie ihm im Vorjahr gekauft, als er an der Mathe-Olympiade teilnahm. Beide Eltern hatten im Publikum gesessen, als Ben die Goldmedaille gewann. Anschließend hatten sie im Restaurant »Olive Garden« zusammen gegessen. Ben durfte bestellen, was er wollte, und so suchte er sich Hummer-Ravioli aus. An die Ravioli erinnerte er sich, aber nicht daran, worüber sie beim Essen gesprochen hatten.

*Ich hätte achtsamer sein müssen.*

»Ich hab gehört, heute gibt's kleine Krabben zum Mittagessen«, sagte Theo.

Die Jungs lachten, aber das war wieder so ein Witz, der nicht zündete. Niemals würde in einer Schulkantine Fisch serviert werden, dafür war die Gefahr von Lebensmittelvergiftungen viel zu groß. Millionen von Amerikanern hatten außerdem Lebensmittelallergien, und die gegen Schalentiere gehörte zu den meistverbreiteten. Von den Kosten für die Zutaten ganz zu schweigen.

»Machst du irgendwelchen Sport?«, wollte Theo jetzt wissen.

Ben dachte an seine Unterhaltung mit Lottie am Vorabend. Fußball. Football. Schach. Er war klug genug, nicht »Schach« zu antworten, hatte aber auch keine Ahnung, was er sonst sagen könnte. Also stand er nur stumm da.

»Weißt du, wie Basketball geht?«, fragte Theo weiter.

»Ähm …«

Theo reckte den Kopf vor. »Ich zeig dir mal, wie man dribbelt.«

Im nächsten Augenblick fühlte Ben Theos Hand an seiner Stirn. Ein merkwürdiges Gefühl, so als würde einem eine Kakerlake über die Zehen kriechen oder ein Einsiedlerkrebs seinen Stachel in den Fußballen bohren. Dann aber auch wieder ganz anders. Theos Hand war feucht und blieb nur kurz an Bens Stirn, gerade so lange, wie nötig war, um Bens Kopf gegen das Schließfach zu stoßen. Dann war sie auch schon wieder weg.

»So geht Dribbeln«, sagte Theo.

Vom Aufprall dröhnte es Ben in den Ohren. Ein plötzlicher Schmerz schoss ihm vom Hinterkopf in die Augen, während Theo und seine Kumpel in der Schülermenge im Korridor verschwanden. Es kam Ben so vor, als könnte es auf der ganzen Welt kein zweites so lautes Geräusch geben wie das beim Aufprall seines Kopfes gegen das Schließfach. Ein Echo davon schien sich in jedem Teil seines Körpers fortzusetzen. Doch außer ihm hatte anscheinend niemand etwas mitbekommen. So viel war los in den Gängen einer Mittelschule. Wie sollte eine solche Nebensächlichkeit jemandem auffallen?

## Nicht stolz

Nachrichten aus dem Kaninchenbau: *Das frühe 16. Jhd. war in England eine Zeit großer Unruhen. Heinrich VIII., der letzte der Tudor-Könige, ließ daher geschnitzte Abbildungen seiner selbst an den Dachbalken der Großen Halle von Schloss Hampton Court anbringen, die als »Lauscher« geheime Verschwörungen verhindern sollten.*

Zum ersten Mal in ihrem Leben passierte es Charlotte, dass sie in der Schülerbibliothek stand – im Bereich Sachbücher A bis J – und sich schämte. Diese Abteilung befand sich nämlich direkt hinter der Tischgruppe, an der sich Bridget und die übrigen Mitglieder des Kunstclubs treffen würden. Wie die meisten Menschen war auch Bridget ein Gewohnheitstier. Daher wusste Charlotte, dass sie sich garantiert an den Vierertisch nahe dem Buchstaben C setzen würde. Dutzende Male war Charlotte schon mit ihr in der Bibliothek gewesen, und immer hatte Bridget denselben Platz gewählt. Deshalb stand Charlotte nun hier, scheinbar völlig vertieft in die Geschichte des amerikanischen Bürgerkriegs, und wartete auf das Erscheinen des Kunstclubs.

Charlotte war maskiert. Na ja, sozusagen. Mit hängenden Schultern und einem Knopf im Ohr (stumm gestellt). Kurz: Sie bemühte sich, möglichst lässig zu wirken. Sollte sie entdeckt werden, würde sie völlig überrascht tun. *So ein Zufall,* würde sie sagen.

Stolz war sie nicht auf sich.

Genauer gesagt – sie kam sich sogar ziemlich lächerlich vor.

Von ihrem Versteck aus konnte Charlotte die Türen der Bibliothek nicht sehen, doch so schwer, wie die waren, würde sie es auf jeden Fall hören, wenn sie geöffnet würden. Sollte sich der Club an die Tische beim Fenster setzen, wäre er zu weit entfernt, aber so wie Charlotte Bridget kannte, würden sie in Hörweite sitzen. Charlotte ließ den Blick – total entspannt – an den Regalen entlangschweifen und hoffte, niemand würde sie entdecken.

Ganz wie erwartet, kam Bridget herein und setzte sich an ihren gewohnten Platz, sodass Charlotte nur ihren Hinterkopf sah. Sophie und Dee Dee setzten sich Bridget gegenüber.

Charlotte zog ein Buch aus dem Regal und schlug es auf, als würde sie darin lesen. Aus einem grobkörnigen Schwarzweiß-Foto schaute ihr ein Mann mit einem buschigen Schnurrbart entgegen. Der Überschrift zufolge hieß er LaFayette C. Baker.

Ich durchschaue dich, du Verrückte, schienen seine Augen zu sagen.

Charlotte machte schnell Buchstabensalat aus *LaFayette.*

*Faltete. Tafelte. Latte. Lette. Elfte.*

»Heute habe ich mit Charlotte gesprochen«, sagte Sophie, und sie hörte sich fast so an, als wollte sie sich dafür entschuldigen. Vielleicht tat es ihr leid, dass sie den Club so exklusiv geplant hatte. »Sie hat mich gefragt, ob sie bei uns mitmachen kann.«

Charlotte spürte, wie das Blut in ihren Ohren rauschte.

»Und – was hast du geantwortet?«, fragte Bridget.

Sophie sagte nichts. Zumindest nichts, was Charlotte hören konnte.

»Wieso fragt sie denn *dich?* Unglaublich!«, sagte Bridget.

Stimmt, dachte Charlotte. Ich hätte direkt zu Bridget gehen sollen. Sie ist schließlich meine beste Freundin. Selbst wenn sie jetzt zu Red's geht und Vans trägt.

Andererseits: Vans trug Charlotte jetzt auch. Sie hatte ihre Mutter überreden können, ihr ein Paar zu kaufen. Die Schuhe scheuerten an den Fersen, und seit einer Stunde hatte Charlotte dort schmerzhafte Blasen.

»Warum lassen wir sie nicht einfach mitmachen?«, fragte Dee Dee. »Es wäre doch vielleicht gar nicht schlecht, eine von den Überfliegern dabeizuhaben. Vielleicht hat sie ja … was weiß ich, irgendwelche schlauen Ideen für unseren Club.«

»Ich hätte auch kein Problem damit«, sagte Sophie.

Beide sahen jetzt Bridget an.

Charlotte spürte, wie ihr das Herz in die Hose rutschte.

»Puuh!«, seufzte Bridget. »Wieso muss sie immer alles so kompliziert machen!«

Charlotte sah den Mann mit dem Schnurrbart an. Auf einmal kam sie sich dumm vor. Naiv. Ahnungslos. Und lächerlich.

Bloßgestellt fühlte sie sich, auch wenn sie wusste, dass die Mädchen sie nicht sehen konnten.

»Charlotte ist eine richtige Klette, ehrlich«, sagte Bridget. »Ich sag das echt ungern, aber es ist wahr.«

Wie oft hatte Charlotte dasselbe schon von Bridget gehört, wenn es um andere Mädchen ging. *Dee Dee ist eine furchtbare Klatschtante. Ich sag das echt ungern, aber es ist wahr. Sophie schminkt sich manchmal zu stark, das sieht dann richtig billig aus. Ich sag das echt ungern, aber es ist wahr.*

Dee Dee gähnte. »Ich finde sie gar nicht so schlimm.«

»Findest du's nicht ein bisschen extrem, dass sie dich abfängt, um alleine mit dir zu reden?«, sagte Bridget zu Sophie. »So hinter meinem Rücken?«

Sophie zuckte mit den Schultern. »Kann sein.«

»Ihr haltet mich sicher für eine erbärmliche Freundin, wenn ich so was sage, gerade jetzt, wo ihr Vater im Krankenhaus ist, aber in letzter Zeit habe ich mich oft wie ihre Babysitterin gefühlt«, sagte Bridget. »Es ist so, als … Keine Ahnung. Irgendwie haben wir keine Gemeinsamkeiten mehr.«

»Du bist keine erbärmliche Freundin«, widersprach Sophie. »Du bist einfach nur ehrlich.«

»Ich wusste gar nicht, dass ihr Vater im Krankenhaus liegt«, sagte Dee Dee.

»Doch, er hatte einen Herzinfarkt. Ihre Eltern sind uralt, da musste so was irgendwann passieren. Er saß am Steuer, als es passierte.« Bridget machte eine Pause. »Er ist gegen eine Mauer geprallt und hätte um ein Haar drei Leute totgefahren.«

Diese letzte Behauptung war frei erfunden.

Charlotte glühte. Mit einem Mal war ihr so heiß geworden, als säße sie plötzlich in einem Ofen. Sie wollte nicht weiter zuhören, aber sie konnte auch nicht aufhören.

Dee Dee schnappte nach Luft. Charlotte konnte sich lebhaft vorstellen, wie die Neuigkeit sich rasend schnell in der ganzen Schule verbreitete und dabei von Mal zu Mal dramatischer wurde. *Hast du schon gehört – Charlottes Vater hatte einen ganz schlimmen Herzinfarkt! Am Steuer. Dabei ist er von einer Überführung geflogen und auf einen Anhänger gestürzt. Fünfundsiebzig Leute sind dabei ums Leben gekommen.*

So oft hatte Charlotte vertrauensvoll mit Bridget geredet – über ihren Vater, sein schwaches Herz, die Tabletten und auch über ihre Sorgen, weil ihre Eltern älter waren als die aller Gleichaltrigen, und jedes Mal hatte Bridget sie beruhigt, hatte gesagt, das sei doch kein Problem, alles würde gut werden. »Wart's ab, deine Eltern werden beide dabei sein, wenn du mit der High School fertig bist oder deinen College-Abschluss machst«, hatte sie ihr gesagt. »Und wenn du heiratest, auch. Ganz bestimmt.«

»Ich weiß, es klingt gemein«, sagte Bridget, »aber ich halte es einfach nicht mehr aus. Nur: Wie macht man eigentlich mit einer Freundin Schluss? Genauso wie mit einem Jungen?«

Als ob Bridget davon eine Ahnung hätte! Sie hatte doch noch nie einen Freund gehabt. In den Sommerferien hatte sie noch gesagt, sie wolle auf keinen Fall das einzige Mädchen sein, das am Ende der Mittelschule noch keinen Jungen geküsst hatte. Darauf hatte Charlotte geantwortet: »Dann küss ich auch keinen. Du sollst nicht alleine sein.« Aber Bridget hatte nur die Augen verdreht. »Bei dir ist das doch was anderes. Davon rede ich ja gar nicht.« Damals hatte Charlotte sich gefragt: *Wovon denn dann?* Die Mittelschule kam ihr vor wie ein endloses, schmerzhaftes Spiel, dessen Regeln alle außer ihr kannten.

»Spielt jetzt keine Rolle«, wandte Sophie ein. »Du kannst unmöglich mit jemandem Schluss machen, der gerade so etwas Schlimmes durchmacht. Das wäre nicht fair. Warte, bis es ihrem Vater besser geht, und dann … lässt du es einfach schleifen, bis jede ihrer Wege geht.«

»Aber wohin soll sie denn gehen?«, sagte Bridget. »Sie hat doch sonst keine Freunde.« Nach kurzem Zögern fügte sie hinzu: »Alles, was sie hat, ist ihre Gesteinssammlung. Sie hat sogar einen Stein als Glücksbringer. Das ist doch so was von … unreif. Versteht ihr, was ich meine?«

Charlotte fragte sich, wie viele Atome in der Bibliothek existierten. Es kam ihr nämlich so vor, als hallte aus jedem von ihnen Bridgets Stimme. *Sie hat sogar einen Stein als Glücksbringer.* Jeder Winkel, jedes Buch, jedes Luftmolekül saugte Bridgets Worte auf. *Unreif … Klette … Musste ja irgendwann passieren.*

Sie musste an Sphinx denken, den Stein, der stets verlässlich an seinem Platz lag. Wie viele Male hatte Bridget ihn fest in der Hand gehalten und sich etwas gewünscht!

»Moment«, sagte Dee Dee. »Willst du sagen, sie hat einen Stein als Haustier?«

»Na ja …« Bridget überlegte kurz, dann kicherte sie. »Könnte man so sagen.«

Charlottes beste Freundin lachte. Über sie.

Und die anderen lachten mit. Am liebsten hätte Charlotte laut schreiend mit einer Handbewegung all die blöden Sachbücher aus den Regalen gefegt. Hätte diesem sogenannten

Kunstclub erzählt, dass Bridget diejenige gewesen war, die dem Stein den Namen Sphinx gegeben hatte. Dass Bridget sich Dutzende, wenn nicht Hunderte Male etwas gewünscht hatte mit Sphinx in der Hand. Die anderen sollten wissen, dass es alles andere als unreif war, eine Gesteinssammlung zu haben. Wussten sie überhaupt, was ein Türkenit war? Konnten sie vielleicht einen Aventurin aus einer Reihe von Steinen herausfinden? Könnten sie erklären, was magmatische Differenziation oder fraktionierte Kristallisation bedeutete?

Die Unterhaltung am Tisch wandte sich jetzt spannenderem Klatsch zu. Hannah Miller und Milo Adiga hatten sich getrennt, und laut Dee Dee konnte »kein Mensch es glauben«.

Charlotte hatte nur eine blasse Ahnung, wer Hannah und Milo waren. Bridget hingegen wusste sofort Bescheid. Sie gehörte auch zu denen, die es nicht glauben konnten. Also ließ sie sich noch eine Weile darüber aus, wie süß Milo Adiga doch sei, bis der sogenannte Kunstclub schließlich doch noch Pläne und Strategien zu künftigen Treffen entwickelte.

Wann hatte Bridget all diese Leute kennengelernt?

Wann hatte sie beschlossen, Milo süß zu finden?

Charlotte versuchte sich vorzustellen, wie sie selbst bei den Mädchen säße, über Hannah und Milo quatschte und darüber, welche Jungen am süßesten seien. Charlotte fand die Jungen an ihrer Schule laut, sie stanken nach Schweiß und machten blöde Witze. Keiner war wie Mateo. Oder auch wie Ben Boxer. Da war sie sich ganz sicher.

Charlotte an einem Tisch mit dem Kunstclub?

*Funktioniert nicht.*

## Das Leben aus Bens Sicht
## Teil XI

Millionen Tonnen Müll schwammen in den Weltmeeren, bedrohten und zerstörten alles Leben darin. Manchmal hatte Ben Albträume, in denen Seekühe von Einkaufstüten erstickt wurden, Delfine sich in den Plastikhalterungen von Sixpacks verhedderten und Wale Styroporbecher verschluckten.

Eigentlich hatte er sich vorgenommen, in der Mittagspause an seiner Bewerbungsrede zu arbeiten, doch dann hatte er beobachtet, wie viele Dinge im falschen Müllbehälter landeten, und konnte sich nicht mehr auf seinen Text konzentrieren. Doch dann fiel ihm ein, dass er etwas dagegen tun und gleichzeitig mit Leuten ins Gespräch kommen könnte, und so stellte er sich neben die Behälter für Restmüll und wiederverwertbaren Abfall und setzte sein freundlichstes Lächeln auf.

Ben verstand einfach nicht, dass sich niemand an seiner Schule auch nur im Entferntesten für das Problem der Müllmeere, wie er sie nannte, interessierte. Aber vermutlich lag das einfach daran, dass sie zu wenig über das Thema wussten. Er, Ben, würde sich darum kümmern und dabei zugleich Wählerstimmen gewinnen. *Multitasking,* so nannte man das heute. Er würde sich von niemandem von seinem Ziel abbringen lassen, weder von Theo noch von Sherry oder von diesem Derrick Sowieso. Gegner zu haben war eine gute Schule für den Charakter. In der Politik gehörte das dazu.

»Konzentrier dich auf das Wohl der Allgemeinheit!«, flüsterte er sich lautlos zu.

Das Problem mit den Müllbehältern am Ausgang der Cafeteria war anscheinend, dass die Schüler Plastikgegenstände in den Restmüll warfen und umgekehrt.

Als Erstes näherte sich ein Mädchen, auf dessen T-Shirt die Aufschrift FUTURE DIVA zu lesen war. Die zukünftige Diva wollte gerade eine leere Coladose in den Restmüll werfen, als Ben sagte: »Wiederverwertbares gehört hier rein.«

Das Mädchen sah ihn fragend an, steuerte aber sofort den richtigen Behälter an.

»Danke schön«, sagte Ben. »Ich bin Ben Boxer und kandidiere bei den Wahlen zum Schülerparlament.«

Das wiederholte er jedes Mal, wenn Schüler auf dem Weg aus der Cafeteria an den Tonnen vorbeikamen, doch jetzt fügte er noch Infos aus Statistiken hinzu.

»Habt ihr gewusst, dass jedes Jahr Millionen Milchkartons im Meer landen? Ich bin übrigens Ben Boxer und kandidiere bei den Wahlen zum Schülerparlament.«

Inzwischen strömten immer mehr Mittelschüler aus der Cafeteria, und Ben brachte immer neue Statistiken vor.

»Zwanzig Millionen Plastikflaschen landen jedes Jahr im Restmüll.«

»Wenigstens einhunderttausend Meerestiere sind letztes Jahr von Plastiktüten erstickt worden.«

Zumeist erntete er nur verwirrte Blicke und vereinzelt auch Gelächter, trotzdem war er zufrieden, weil seine Strategie zu funktionieren schien – die Sechstklässler guckten zwar groß, wenn Ben aufgeregt mit den Händen auf die richtige Öffnung zeigte, doch sie begriffen sofort ihren Irrtum und entsorgten ihren Müll korrekt. Die meisten Mitschüler kannte er gar nicht. Fast kam es ihm so vor, als gäbe es *zwei* Schulen – eine für ihn und eine für alle anderen.

Als er Theo und seine Freunde herankommen sah, legte Ben automatisch eine Hand an den Hinterkopf und sah zu, wie die Jungen Papier und Plastik in den Restmüll warfen. Er biss sich auf die Lippen und mied jeden Augenkontakt, doch es half alles nichts.

»Wie läuft's, Krabbe?«, sagte Theo. Die anderen kicherten. »Weißt du überhaupt, was das ist, eine Krabbe?«

Ben schaute zu Mrs. Fausto hinüber, seiner Englischlehrerin, die an diesem Tag die Aufsicht beim Mittagessen hatte. Sie stand bei den Fenstern und ließ ihren Blick durch den Raum schweifen wie eine angespannte Katze, die jeden Moment bereit war zu springen. Aber Ben hatte sie nicht im Blick. Jedenfalls nicht im Moment.

»Eine Krabbe ist eine Garnele«, sagte Theo. Pause. »Hey – du hast da was auf dem Hemd.«

Ben zwang sich, nicht hinzusehen.

»Genau hier«, fuhr Theo fort. »Siehst du's?« Er bohrte einen Finger in Bens Brust, so hart, dass Ben zurückstolperte. Und Theo hatte recht: Ben hatte tatsächlich etwas auf dem Hemd. Jetzt. Theos Finger war nämlich voller Ketchup gewesen.

»Sieh zu, dass du das wegkriegst«, sagte Theo. Damit drehte er sich um und ging weiter, gefolgt von den anderen.

Entgeistert starrte Ben auf den Fleck. Dann verließ er seinen Posten und ging zu Mrs. Fausto hinüber, deren Aufmerksamkeit jedoch ganz vom Geschehen an einem Tisch in der Nähe in Anspruch genommen wurde.

»Entschuldigung«, sagte Ben. »Ich hab da anscheinend Ketchup auf dem Hemd.«

Mrs. Fausto drehte sich zu ihm um und runzelte die Stirn.

»Sieht ganz so aus«, sagte sie.

»Hätten Sie vielleicht etwas Sprudelwasser?«, fragte Ben.

»Leider nein. Aber weich das Hemd eine Weile in warmem Wasser ein. Auf dem Weg kannst du die Sekretärinnen nach einem Teamgeisthemd fragen.«

»Was ist das – ein Teamgeisthemd?«

»Das siehst du dann.«

Ben dachte an seinen letzten Besuch im Anwesenheitsbüro. An Danielle Carlile, die gemeint hatte, er werde einen guten Schülervertreter abgeben. Hoffentlich erinnerte sie sich nicht an ihn.

Doch genau das tat sie. »Ben Boxer, wie er leibt und lebt«, sagte sie vom Platz hinter ihrem Schreibtisch aus. Vorn am Tresen stand ein Junge neben der Anwesenheitsliste.

»Kann ich dir helfen?«, fragte er mit gespielter Begeisterung.

»Ich wollte mich nach den Teamgeisthemden erkundigen«, sagte Ben.

»Wonach genau?«, fragte der Junge.

»Habt ihr so was?« Ben tat einen Schritt zurück und zeigte

auf den Fleck auf seinem Hemd. »Ich hab mich aus Versehen mit Ketchup bekleckert.«

Der Junge beugte sich vor und kniff die müden Augen zusammen.

»Sieht aus wie ein Blitz.«

»Genau!« Bens Miene hellte sich auf. »Genau das dachte ich auch! Oder, genauer gesagt, ich fand, es sah aus wie die Narbe von Harry Potter.«

»Das ist doch dasselbe.«

»Stimmt.« Ben trommelte mit den Fingern auf den Tresen. »Was ist jetzt mit diesen Teamgeisthemden?«

»Ach so, ja, Moment.« Der Junge verschwand in einem Kabuff. Einen Moment lang war nur das Klicken der Computermaus von Mrs. Carlile zu hören.

»Sie sollten Musik hier drin haben«, schlug Ben vor.

»Das wäre viel zu aufregend«, sagte Mrs. Carlile.

Der Junge kam mit einem Stapel T-Shirts zurück.

»Welche Größe hast du?«, fragte er.

Ben streckte die Arme aus, als würde ein unsichtbarer Schneider bei ihm Maß nehmen.

»M«, antwortete er.

Der Junge warf Ben ein knallrotes T-Shirt zu, doch der schaffte es nicht, es aufzufangen. Er beugte sich hinunter und hob es auf, und sofort begriff er, was ein Teamgeisthemd war: Quer über der Brust stand in großen weißen Buchstaben GO Lanester!! Ben fand das zweite Ausrufezeichen eigentlich überflüssig. Außerdem prangte auf der Vorderseite noch groß und leuchtend bunt das Schulmaskottchen. Auf dem Rücken stand: NO 1!

Ben stöhnte auf. »Das ist ja unmöglich!« Er hielt das Hemd hoch. »Man liest automatisch: No one – niemand.«

»Ich glaube, das soll heißen, wir sind die Nummer eins.«

»Dann hätte man aber einen Punkt nach NO machen müssen. So wie es ist, heißt es, wir sind niemand.«

Jetzt mischte sich Mrs. Carlile ein. »Sie hätten das Nummernzeichen nehmen sollen«, sagte sie, »und auf das Maskottchen verzichten. Beschwer dich beim Teamgeistkomitee.«

Ben rümpfte die Nase.

»Na ja, Bettler können nicht wählerisch sein. Heißt doch so, oder?«

»Kann sein«, sagte der Junge, der noch immer mit den anderen T-Shirts dastand. Wie ein Kleiderständer sah er aus.

Ben lächelte ihn an. »Vielen Dank, –?«

»Ich bin Wyatt«, sagte der Junge.

»Danke, Wyatt«, sagte Ben.

Wyatt zuckte nur mit den Schultern.

Ben beugte sich vor und winkte ihn zu sich heran.

»Wo hast du diesen Gig her?«, fragte er ihn dann.

»Gig?«

»Diesen Job, im Büro.«

»Oh«, sagte Wyatt. »Meine Mutter will nicht, dass ich auch nur in die Nähe der Cafeteria gehe, deshalb komme ich in der Mittagspause immer hierher. Ich esse mein Sandwich und helfe Mrs. Carlile mit allem Möglichen. Meistens stehe ich aber einfach nur hier und sage: Kann ich helfen?«

»Warum will deine Mutter nicht, dass du in die Cafeteria gehst? Das Essen ist zwar schlecht, aber giftig oder so ist es ja nicht.« Ben aß normalerweise einen kleinen Salatteller von der Salatbar. Da gab es nie lange Schlangen, und so konnte er sich schnell sein Essen holen und wieder gehen.

»Für mich ist es schon giftig«, sagte Wyatt. »Ich bin Allergiker.«

»Wogegen bist du allergisch? Die Cafeteria?«

»Das nicht. Eher auf Sachen, die dort verkauft werden. Erdnüsse, genau genommen alle Arten von Nüssen, Milch. Soja. Ich muss eine Erdnuss nur sehen, dann schwillt mir sofort der Hals zu.«

Ben machte große Augen. »Anaphylaktischer Schock.«

Wyatt schnippte mit den Fingern. »Bingo.«

»Deine Entzündungsmediatoren und Zytokine reagieren exzessiv auf das, was sie als gefährliche Pathogene einordnen.«

»So in etwa.«

»Interessant«, sagte Ben.

Wyatt zuckte mit den Schultern. »Möglich.«

Ben straffte sich und hob die Hand zu einem halben Winken. »Also dann – man sieht sich.«

»Klar«, sagte Wyatt. »Man sieht sich.«

Ben ging mit seinem Teamgeisthemd zur Jungentoilette. Ihm war schon klar, dass es ihm viel zu groß sein würde. Aber man hat nicht oft Gelegenheit, selbst zu bestimmen, was man sein möchte, und Ben hatte beschlossen: Klein wollte er nicht sein.

## Sag was Richtiges!

Nachrichten aus dem Kaninchenbau: *Menschliche Tränen können ein natürliches Schmerzmittel enthalten. Das ist der Grund, weswegen man sich nach ausgiebigem Weinen oft besser fühlt. Laut einer internationalen Studie weinen Menschen am liebsten zu Hause, und zwar zwischen sieben und zehn Uhr abends. 35 Prozent der Befragten weinen, wenn sie alleine sind.*

Als sie noch in der Vierten waren, hatten Bridget und Charlotte sich gerne in Charlottes Zimmer auf den Boden gesetzt, mit ausgestreckten Beinen und aneinandergelegten Fußsohlen. So hatten sie oft stundenlang gesessen und einander Fragen gestellt. Dabei hatte es nur zwei Regeln gegeben: Beide mussten die Wahrheit sagen, und alles blieb ein Geheimnis zwischen ihnen. Es war wie ein endloses Wahrheit-oder-Pflicht-Spiel, nur ohne Pflichten.

»Was war dein peinlichstes Erlebnis?« war eine der Fragen gewesen. Bridget hatte erzählt, wie sie einmal im Naturkundeunterricht über einen Schaukasten gestolpert und sich vor der ganzen Klasse lang hingelegt hatte.

»Meins war, als ich beim Buchstabierwettbewerb an der Schule *verreisen* falsch buchstabiert habe, ohne das zweite R. Ich hatte mich kurz verschluckt und darüber vergessen, dass ich erst ein R gesagt hatte.« Die Fehlerglocke hatte geläutet, und Charlotte hatte die enttäuschte Miene ihrer Mutter gesehen. »Tori Baraldi hat dann gewonnen.«

Bridget hatte den Kopf geschüttelt. »Was soll denn daran peinlich sein? Sag was Richtiges.«

Doch für Charlotte war es wirklich peinlich gewesen. Richtig peinlich.

Sollten sie jetzt noch einmal so am Boden sitzen und die Füße aneinanderlegen, dann wüsste Charlotte schon, was sie antworten würde: *Als du mich eine Klette genannt hast und ich nach dem Läuten aufs Klo gerannt bin, um da heimlich zu heulen. Ich musste meine Mutter anrufen und so tun, als wäre ich krank geworden, damit sie mich abholte.*

Inzwischen war Charlotte zu Hause. Sie lag im Bett und hielt Sphinx ganz fest umklammert. Ihre Augen brannten, und der Kopf tat ihr weh.

Es klopfte an der Tür.

»Alles in Ordnung mit dir?«, fragte Mrs. Lockard. »Brauchst du irgendetwas?«

»Alles gut, Mama«, antwortete Charlotte. Ihre Stimme klang belegt, heiser. Wie die Stimme von jemand anderem.

»Ich fahre demnächst zum Krankenhaus. Möchtest du mitkommen?«

*Was ist mit dir, Charlotte? Was bist du nur für eine Tochter? Dein Vater liegt auf der Intensivstation, und du hast ihn noch nicht besucht. Du denkst über Seesterne nach und Skalpelle und*

*Scrabblesteine, die im Schrank verstauben. Aber das Krankenzimmer hast du noch nicht betreten. Nicht einmal einen Schritt über die Schwelle hast du gemacht. Warum nicht?*

Charlotte kniff die Augen fest zu, so fest sie konnte.

»Besser nicht«, sagte sie und hustete. »Wo ich doch krank bin.«

Mrs. Lockard schwieg, doch Charlotte spürte, dass die Mutter noch vor der Tür stand.

Ein Teil von Charlotte wollte gern noch mehr sagen. *Weißt du noch, wie das war, wenn Bridget bei mir übernachtet hat? Wenn Dad uns irgendwelche Gruselfilme schauen ließ, obwohl du dagegen warst? Du bist dann gekommen und hast uns vor dem Schlafengehen Witze erzählt, damit wir keine Albträume haben sollten. Oder weißt du noch, wie wir einmal zu viert Scrabble gespielt haben und du Bridget gelobt hast für ihre »geschickten Spielzüge«? Ich war so eifersüchtig, habe aber trotzdem gelächelt, weil Bridget auf einmal so stolz aussah. Und einmal, da hast du uns Halloweenkostüme genäht. Dabei hast du uns Geschichten aus den Siebzigern erzählt und deine alten Schallplatten aufgelegt, und Bridget und ich haben die ganze Zeit dazu getanzt und gelacht.*

*Aber jetzt ist alles anders. Dad ist nicht zu Hause, und du würdest Bridget nicht wiedererkennen.*

»Okay«, sagte Mrs. Lockard. »Ich bin bald zurück, schreib mir, wenn du irgendetwas brauchst.«

Ihre Mutter musste sich nicht noch Charlottes Probleme anhören. Und außerdem hätte Charlotte gar nicht gewusst, wo sie anfangen sollte.

Überall diese langsamen Erdbeben.

Erst als ihr Handy surrte, machte Charlotte die Augen wieder auf.

Ben hatte … TALISMAN gelegt.

Wenigstens etwas, worauf noch Verlass war.

## Das Leben aus Bens Sicht
## Teil XII

Ben klopfte mit dem Finger gegen seine Wasserflasche und lauschte dem *pling, pling, pling,* während seine Augen über den Bildschirm des Laptops wanderten. Heute Abend war kein Minecraft angesagt. Es wurde Zeit, die beste Rede seit Präsident Lincolns Gettysburg-Rede zu schreiben. Theo, Sherry, Derrick und ihre Minions würden den Tag noch bereuen, an dem sie Bens Überzeugungskraft unterschätzt hatten. Selbst wenn er nicht gewählt würde, so hätte er wenigstens eine durchschlagende Rede gehalten, die die Schule in ihren Grundfesten erschüttern würde. Die Bühne würde ihm gehören, er stünde im Scheinwerferlicht. Das war sein Platz an der Sonne. Der Höhepunkt seiner persönlichen Evolution. Der Moment, als der Fink aus der Dunkelheit flog.

Doch zunächst einmal musste er die richtigen Worte finden.

Bis jetzt hatte er nur ein paar Witze auf Lager. Nach dem, was er im Internet gelesen hatte, sollte man das Publikum möglichst gleich zu Anfang zum Lachen bringen. Das würde beide Seiten entspannen – die Zuhörer wie den Redner. Ben hatte sich drei Witze gemerkt, die alle mit der Schule zu tun hatten.

– Wenn Schlaf angeblich gut ist fürs Gehirn, warum dürfen wir dann im Unterricht nicht schlafen? (Ben konnte sich zwar nicht vorstellen, in der Schule einzuschlafen, doch er vermutete, dass der Witz den meisten anderen aus dem Herzen sprechen würde.)

– Was haben Lehrer und Wolken gemeinsam? Wenn sie sich verziehen, wird es ein schöner Tag.

– Sagt ein Mathebuch zum anderen: Lass mich in Ruhe, ich hab meine eigenen Probleme. (Für Ben war das bisher der Sieger. Witziger als der erste und dabei keiner, der sich über Menschen lustig machte.)

Nachdem das Gelächter abgeebbt wäre, würde er sich vorstellen und dem Publikum einen Überblick über seine Qualifikationen geben. Da er nur vier Minuten Redezeit hatte, musste die Vorstellung kurz ausfallen. Eine Minute, höchstens. Das Wichtigste an einer Kandidatur ist nicht der Kandidat, sondern das, was er sich vorgenommen hat. Ben wollte nicht zu den Politikern gehören, die sich allein auf ihre Ausstrahlung verlassen. Die nur heiße Luft verkaufen. Von ihm würden Mitschüler beides bekommen – Ausstrahlung und Inhalte. Den Hauptteil seiner Rede würden seine Ideen für die Schule einnehmen. Darin ging es darum, Schüler, Lehrer und Verwaltung dabei zu helfen, die Schule so gut zu machen, wie es nur ging. Er wusste, dass einige seiner Ideen wohl chancenlos waren – zum Beispiel sein Vorschlag, die Einzelpulte in den Unterrichtsräumen durch Gruppentische zu ersetzen –, aber vorbringen würde er sie dennoch. Manchmal musste man groß denken und trotzdem kleine Schritte tun. Kleinteilig zu denken brachte niemanden weiter.

Ben nummerierte die Punkte seines Wahlprogramms von 1 bis 11 durch und schrieb sich die Einzelheiten dazu auf. Nach jedem Satz hörte er Theos Stimme *(Von welcher Umwelt? Der von Pluto?)*, sah das Gesicht von Sherry Bertrand vor sich *(Ich bitte darum)*. Aber er war nicht bereit, sich unterkriegen zu lassen. Er würde die Kontrolle über seine Gefühle nicht abgeben. Nachdem seine Eltern als verlässliche Rückendeckung ausgefallen waren, hatte er nur noch sich selbst.

»Du bist ein Fink«, sagte er, ohne vom Laptop aufzublicken. »Ein Fink bist du.«

Er fand Trost in dem Gedanken, dass sein Peiniger Theo Barrett war, nicht etwa Albert Einstein oder Stephen Hawking. Theo war alles andere als ein Einstein. Und Sherry? Sherry hegte nun mal seit Langem einen Groll gegen ihn. Aber sie hatte ja auch einen Fehler gemacht, oder? Abschreiben durfte man wirklich nicht. Vielleicht hätte Ben die Sache geschickter angehen können, aber er hatte auch gewusst, wie lange Kyle für den Test gelernt hatte, und es war ihm gegen den Strich gegangen, dass Sherry sich bei ihrem Banknachbarn einfach so bedient hatte. Das war doch nicht gerecht! Und deswegen hatte er sich richtig verhalten, oder?

»Du bist ein Fink«, sagte er sich noch einmal. »Du bist ein Fink.«

Wieder hörte er Theos Stimme. *Von welcher Umwelt? Der von Pluto?*

Ben tastete nach seinem Hinterkopf, erwartete, eine Beule zu entdecken, aber da war keine.

Er griff nach seinem Handy.

»Es gibt Neuigkeiten«, sagte er, als Lottie sich meldete. Dabei hatte er noch keine Ahnung, welche Neuigkeiten er ihr berichten sollte. Dass seine Eltern sich scheiden ließen? Dass er eine Theorie zum Thema persönliche Evolution entwickelt hatte? Seine Probleme mit Theo, Sherry und den anderen?

Er wusste nur eins: Er wollte zu irgendwem irgendetwas sagen, egal worüber.

»Heißt das, du hast gewonnen, bei den Wahlen an deiner Schule?«, fragte Lottie. »Ich warte nämlich immer noch auf deinen nächsten Zug.« Ihre Stimme klang belegt. Vielleicht war sie krank.

»Ich war mit meiner Rede beschäftigt«, sagte Ben. »Bist du krank? Du hörst dich so an.«

»Ja. Ich musste heute früher nach Hause gehen. Fieber und so.«

»Versuch's mal mit Hühnersuppe. Das ist kein Ammenmärchen, sondern hilft tatsächlich bei Erkrankungen der Atemwege. Ist wissenschaftlich bewiesen.«

»Merke ich mir«, sagte sie und schniefte. »Übrigens, ich glaube, ich habe auch Neuigkeiten.«

Ben lehnte sich zurück. »Leg los. Du zuerst.«

»Ach, ich weiß nicht«, sagte Lottie. »Vergiss es. Es ist blöd.«

»Ist es nicht.«

»Wie willst du das wissen? Ich hab doch noch gar nichts gesagt.«

»Wenn es für dich eine Neuigkeit ist, dann ist es nicht blöd.«

»So eine richtige Neuigkeit ist es eigentlich nicht. Eher ein Problem.«

»Großartig. Ich liebe Probleme.«

Sie holte tief Luft. »Die Sache ist die … Ich will nicht mehr mit meiner besten Freundin befreundet sein, aber ich weiß nicht, wie ich es ihr beibringen soll.«

Oh, oh. Ein Problem aus dem zwischenmenschlichen Bereich. Nicht gerade seine Stärke.

»Was ist passiert?«, fragte er. »Habt ihr euch gestritten?«

Lottie zögerte. »So etwa. Es ist nur – manchmal nervt sie mich einfach, verstehst du? Hängt an mir wie eine Klette. Solche Sachen. Sie hat nicht viele Freunde. Im Grunde hat sie nur mich. Aber mir wird das zu viel. Ich will auch mal mit anderen Leuten abhängen.«

»Wieso macht ihr dann nicht alle was zusammen?«, fragte Ben.

»Ich weiß nicht, ob sie so gut zu meinen anderen Freundinnen passt.«

»Lass sie das doch selbst entscheiden. Vielleicht findet sie ja neue Freundinnen in der Gruppe.«

»Ja, vielleicht«, antwortete Lottie.

*Was rede ich denn da?*, dachte Ben. *Ich hab doch keine Ahnung von dem Thema. Es ist ja nicht so, als könnte ich mich nicht retten vor Freunden.*

Lottie schwieg lange. So lange, dass Ben sich schon fragte, ob sie überhaupt noch in der Leitung war.

Als sie schließlich doch sprach, klang sie angespannt, bedrückt.

»Was war denn deine Neuigkeit?«, fragte sie.

Ben nahm seinen Stift und tippte wieder an seine Wasserflasche. *Pling, pling, pling.*

»Kann sein, dass ich umziehe. Nach Ann Arbor. Das liegt in Michigan.«

»Cool! Ich war noch nie da, aber es klingt gut. In Ann Arbor, Michigan steckt das Wort Nachbarin. Vielleicht ein gutes Omen.« Sie schniefte wieder.

»Möglich«, sagte Ben.

Eine Weile schwiegen beide.

»Also dann«, sagte Ben. »Viel Glück mit deiner Freundin.«

»Viel Glück mit deinem Umzug nach Michigan.«

# DONNERSTAG

rhetorisch, Adj.: *1. die Redeweise betreffend*
*2. um der Wirkung willen gestellte Frage, auf die keine Antwort erwartet wird*

# Fluss

Nachrichten aus dem Kaninchenbau: *Eine Gruppe von Bibern nennt man Kolonie. Eine Gruppe von Delfinen eine Schule. Eine Gruppe von Wölfen ein Rudel. Obwohl Wölfe meist zusammen unterwegs sind, wird gelegentlich ein Mitglied ausgestoßen und zieht von da an als »einsamer Wolf« umher. Für diese Tiere ist das Leben schwierig, aber gerade weil sie so auf sich selbst angewiesen sind, werden sie oft stärker als die Rudeltiere.*

»Deinem Vater geht es schon wieder recht gut«, sagte Mrs. Lockard.

Normalerweise ging Charlotte zu Fuß zur Schule, doch an diesem Morgen regnete es in Strömen. Die Straße hatte sich in einen Fluss verwandelt, und der Verkehr staute sich.

Charlottes Mutter fuhr selbst bei schönem Wetter stets langsam, doch wenn es regnete, dann schlich sie im Schneckentempo. Meistens machte diese Fahrweise Charlotte rasend, und sie musste sich sehr zusammennehmen, um nicht hinüberzurutschen und selbst aufs Gaspedal zu treten. Doch heute war sie ihrer Mutter dankbar. Sie wollte möglichst spät zur Schule kommen. Sie wollte die Bänke im Foyer nicht sehen.

In der Nacht hatte sie ihr Kissen nass geweint. Als sie zwischendurch aufwachte, hatte sich ihre Wange ganz feucht angefühlt und gejuckt. Sie war sich ziemlich sicher, dass sie wegen Bridget geweint hatte, doch im Laufe der Nacht hatte sie dann auch an ihren Vater gedacht und sogar an ihre Mutter, die so ungewöhnlich geduldig gewesen war und sie kein bisschen gedrängt hatte, mit ins Krankenhaus zu gehen. Anschließend war ihr alles Mögliche durch den Kopf gegangen: Gedanken an Skalpelle, Videos von Operationen am offenen Herzen, sezierte Seesterne. Dazu vieles, was sie selbst nicht verstand: Bilder von ihren Eltern, wie sie die Decke des Ballsaales bestaunten. Ihre eigenen Puppen, die sie versteckt hatte. Scrabblepartien am Esstisch. Museumsbesuche mit ihrem Vater, bei denen sie endlos vor Gauguin standen und sie sich immer fragte, wann sie endlich gehen könnten. Auch Ben Boot war ihr durch den Kopf gegangen, das, was er am Telefon gesagt hatte: *Wieso macht ihr nicht alle was zusammen*? Irgendwann wusste sie selbst nicht mehr, weswegen sie eigentlich weinte.

Ob es dort draußen noch andere Menschen gab, die so viele Gründe zu weinen hatten, dass sie sich nicht für einen entscheiden konnten?

»Er wird bald auf die normale Station verlegt. Vielleicht schon morgen«, fuhr Mrs. Lockard fort. »Dann sieht er auch wieder mehr wie er selbst aus.«

Charlotte hätte gern gewusst, ob der Vater nach ihr gefragt hatte. Und wenn ja – was hatte die Mutter wohl geantwortet?

Aber gleichzeitig hatte sie Angst, den Mund aufzumachen; bestimmt würde sie gleich wieder in Tränen ausbrechen. Wie mochte es wohl in Ann Arbor aussehen? Sie wünschte, sie selbst hätte auch irgendein Ziel. Sie wünschte, sie hätte auch gute Neuigkeiten. So wie Ben.

## Das Leben aus Bens Sicht
## Teil XIII

»Und deswegen bitte ich euch um eure Stimme für das Schülerparlament.« Ben verneigte sich, ohne auch nur einen Moment den Blick von seiner Mutter abzuwenden, die voll konzentriert auf der Couch saß. Er hatte gelesen, dass bis zu 93 Prozent jeder Kommunikation nonverbal, also nicht über Worte, geschieht. Deswegen wollte er sicher sein, dass er ihre Reaktion bis ins kleinste Detail mitbekam. Er fand es nicht mehr leicht, in ihrem Gesicht zu lesen – seit der »Devolution«, also seit der Trennung der Eltern, hatte sie sich eine ganz neue Mimik zugelegt. Doch nachdem Ben sich verbeugt hatte, stellte sie ihren Becher mit dem Morgenkaffee auf das Tischchen und applaudierte, als wäre er soeben in der Carnegie Hall aufgetreten.

»Perfekt«, sagte sie.

Ben wusste, dass so ein Lob mit Vorsicht zu genießen war. Aus Sicht seiner Mutter war anscheinend alles, was ihr Sohn tat, perfekt, und selbst wenn Ben sich das wünschte, so wusste er doch, dass es nicht so sein konnte. Was würde seine Mutter wohl denken, wenn sie wüsste, dass ihr perfekter Sohn mit dem Hinterkopf gegen sein Schließfach gerammt wurde? Was würde sie sagen, wenn sie wüsste, dass er Ketchup aufs Hemd geschmiert bekam? Das warme Wasser hatte nicht geholfen, und so lag das Hemd jetzt ganz unten in seinem Papierkorb, versteckt unter zerknüllten Redenotizen.

Er war, wie Sherry Bertrand es ausdrückte, der größte Vollidiot der Schule. Was immerhin bedeutete, dass er in etwas der Beste war. *Ich bin so stolz auf meinen perfekten Sohn. Die anderen Kinder halten ihn für den größten Idioten. Ist das nicht wunderbar?*

»Perfekt kann es gar nicht sein«, sagte er mit matter Stimme. »Nichts ist perfekt.«

»Mit Ausnahme von meinem perfekten Pfirsich«, sagte seine Mutter.

Sein alter Kosename. Vor Jahren hatte sie den für ihn erfunden, damals, als alles noch anders war. In diesem Moment nagte ein Gefühl an ihm. Er hätte gar nicht sagen können, was genau es war. Zum Teil war es Wut. Wenn seine Eltern schon beschlossen hatten, die Familie aufzulösen, dann sollten sie nicht gleichzeitig so tun, als wäre alles wie immer. Wo sich doch alles geändert hatte. Sein Vater ging frühmorgens aus dem Haus und kam erst spätabends wieder. Seine Sachen waren bereits in Umzugskisten verpackt. Ihre Lieblingsserie schaute die Mutter jetzt allein. Und Ben verschloss seine Zimmertür.

»Ich meine es ernst«, sagte Ben. »Die Mutter von Franklin D. Roosevelt hat ihren Sohn ja wohl auch nicht *perfekter Irgendwas* genannt, als er gegen Hoover kandidierte.«

»Das wissen wir nicht.«

Ben presste die Lippen aufeinander und starrte seine Mutter zornig an.

»Okay«, sagte Mrs. Boxer. »Versuch, die Arme nicht so roboterartig zu bewegen. Das sieht so einstudiert aus.«

»Ich sehe wie ein Roboter aus?«

Die Mutter griff wieder nach ihrem Kaffee. »Ein bisschen.«

»Ich muss also an meinen Gesten arbeiten. Damit sie weniger steif aussehen.« Er versuchte, seine Arme möglichst natürlich zu bewegen. »Guter Hinweis.«

»Achte darauf, dass du viel Wasser trinkst. Damit du keinen trockenen Mund bekommst.«

»Ich trinke immer genau die empfohlene Tagesmenge.«

»Und iss nicht so viel zum Frühstück, sonst kriegst du noch Bauchschmerzen.«

»Ich werde nur Toast essen.«

»Und kurz bevor es losgeht, atme ein paar Mal tief durch.«

»Ich weiß, Mom.« Ben beendete seine Armübungen. Er strich seine Hose glatt, richtete die Krawatte neu und achtete darauf, so gerade wie möglich zu stehen. »Wie sehe ich aus? Heute ist mein letzter Tag vor der Rede, und ich möchte einen guten Eindruck machen.«

Er wusste bereits, was sie sagen würde, bevor sie noch den Mund aufmachte.

»Perfekt«, sagte sie.

## Viele kleine Jetztmomente

Nachrichten aus dem Kaninchenbau: *Murphys Gesetz wurde von Edward Murphy formuliert, einem Luft- und Raumfahrtingenieur. Er glaubte zu beobachten, dass man sich am besten darauf einstellt, dass alles, was schiefgehen kann, auch tatsächlich schiefgehen wird. Andererseits kann es auch nicht schaden, davon auszugehen, dass alles gut geht.*

Wie du deiner besten Freundin morgens aus dem Weg gehst? Ganz einfach: Du erscheinst nicht rechtzeitig im Foyer. Du räumst in aller Ruhe deine Bücher ins Schließfach, damit ihr euch auch ganz sicher nicht im Gang begegnet. Wenn sie dir schreibt, wo du denn bleibst, antwortest du nicht. Wobei das schon keine Rolle mehr spielt, denn sie schreibt dir gar nicht.

Inzwischen aber war Mittagspause. Der Baum war noch da, was auch sonst. Groß und ausladend. War er schon immer so groß gewesen? Wieso war ihr das nie aufgefallen? Wie Arme streckten die Äste sich über dem Gras aus, wo Bridget und Charlotte sonst immer saßen. Das Laub spendete Schatten; ein natürlicher Sonnenschirm.

Charlotte war sich nicht sicher, was sie tun sollte, also verhielt sie sich wie auf Autopilot. So als wäre alles wie immer. Sie holte sich ihre Chips und eine Limo und ging dann auf ihren gewohnten Platz zu.

Tori und ihre Freundinnen standen etwas abseits an ihrem eigenen Stammplatz nahe dem Fußballtor, und sobald sie Charlotte sahen, guckten alle zu ihr hin, gerade so, als wäre sie ein Fabelwesen mit vielen Köpfen. Im selben Moment verhedderten sich die Schnürsenkel ihrer neuen Vans – blödsinnig lange Schnürsenkel, wie sie aber im Moment an ihrer Schule in Mode waren – unter Charlottes Füßen, und sie schlug der Länge nach hin. Die Chips flogen ihr aus der Hand und landeten etwa drei Meter entfernt, genau wie die Limo. Für einen Moment blieb ihr die Luft weg. Ihr Knie traf auf einen Stein, und der Schmerz fuhr ihr durch den Oberschenkel. Automatisch reckte sie eine Hand nach oben, doch da war niemand, der ihr aufhelfen wollte, also musste sie allein auf die Füße kommen. Das Knie brannte unter dem Stoff ihrer Jeans, und Charlotte wusste, auch ohne nachzusehen, dass es blutete.

»Gut gemacht, Lock-Nerd!«, rief Tori lachend und klatschte in die Hände.

Milo Adiga klatschte mit; jedenfalls glaubte Charlotte, dass er es war. Zusammen mit ein paar anderen Jungen beobachtete er, wie Charlotte sich mühsam aufrappelte. Keiner machte Anstalten, ihr zu helfen.

Charlotte gelobte sich in diesem Moment: *Sollte ich je sehen, wie jemand hinfällt, dann gehe ich hin und frage, ob ich was tun kann.*

»Was für ein Trampel«, sagte Tori zu Isabelle Meade.

Charlotte kannte Isabelle, das heißt, sie hatte sie gekannt. In der dritten Klasse hatten sie sich gegenseitig zu ihren Geburtstagen eingeladen. (*Isa von Pisa* hatte der Vater seine Tochter immer genannt, und ihre Freundinnen fanden das so lustig, dass sie jedes Mal kicherten.)

»Kein Wunder, dass keiner sie leiden kann«, sagte Isabelle.

Charlottes Jeans waren aufgescheuert und verdreckt, ihre Handballen voll blutiger Kratzer. Direkt über Charlotte strahlte die Sonne. *Schaut alle her, Leute! Schaut euch dieses dumme Trampeltier an! Hat keine Freunde und stolpert über die eigenen Füße. Kein Wunder, dass keiner sie leiden kann.*

Plötzlich verspürte Charlotte den heftigen Drang zu weinen. Nie zuvor war irgendein Bedürfnis in ihr so stark gewesen, und Charlotte sah es schon kommen, dass sie im nächsten Moment vor der ganzen Schule zusammenbrechen würde. Doch dann schaffte sie es, sich zusammenzureißen. Gerade noch.

Chips und Limo blieben zurück, als sie davonhumpelte.

*Und ein Müllschwein ist sie auch noch!*

Charlotte hatte keine Ahnung, wohin sie ging, bis sie da war.

Bis sie an der Leiter neben den Müllcontainern stand.

Bridget und sie hatten die Leiter am ersten Tag des neuen Schuljahres entdeckt. Zwei volle Tage konnten sie sich nicht entscheiden, ob sie hochsteigen sollten.

»Komm, wir klettern da hoch«, hatte Bridget gesagt und sich in alle Richtungen umgeschaut, ob vielleicht jemand kam. »Vielleicht können wir durch irgendwelche Lüftungsschlitze in die Schule runterschauen. Vielleicht sogar in die Umkleideräume der Jungs.«

Bridget hatte gekichert, Charlotte die Nase gerümpft.

Die Leiter stand unauffällig in einer Ecke bei der Turnhalle, halb verborgen von den Containern. Charlotte wusste gar nicht mehr, wie sie ursprünglich dahin gekommen waren.

»Komm schon«, hatte Bridget sie gedrängt. »Du zuerst.«

Aber Charlotte war nicht hochgestiegen. Sie wollte nicht erwischt werden. Ihre Mutter hatte ihr eine lange Predigt darüber gehalten, was von Mittelschülern erwartet wurde, und Charlotte wollte nicht gleich am ersten Tag im Büro der Schulleitung landen.

»Manchmal bist du so was von spießig!«, hatte Bridget gesagt.

Hochgestiegen war sie aber auch nicht.

Charlotte hatte seither gar nicht mehr an die Leiter gedacht, doch jetzt fanden ihre Füße den Weg dahin von ganz alleine. Ohne nachzudenken, kletterte sie hoch. Die Hände taten ihr weh, die Knie auch, aber sie wollte nicht aufgeben, bevor sie nicht auf dem Dach war.

Nie zuvor war sie auf einem Dach gewesen. Sie war nicht gerade der Typ, der auf Dächer stieg. Und doch stand sie jetzt oben.

Alles schien verändert von diesem Aussichtspunkt aus. Nicht besser oder schlechter. Nur anders.

Sie setzte sich im Schneidersitz hin und beobachtete die Siebtklässler, die wie Ameisen herumwuselten. Da drüben standen Milo und seine Kumpel in einem großen Kreis auf dem Pausenhof. Gerade schlich Milo sich von hinten an und versuchte, einen der Jungen umzuwerfen, indem er ihm ein Knie ins Bein rammte. Doch der Versuch misslang, der andere – war das Ian? – fuhr herum und boxte Milo in den Arm.

Es war Charlotte ein Rätsel, wie irgendein Mädchen, und vor allem Bridget, diese Typen süß finden konnte.

Ihr Blick schweifte hinüber zu den Baumkronen, die von hier oben unglaublich toll aussahen. Gelb, rot, orange oder grün leuchtete das Laub. Charlotte wusste, dass es in der Nähe der Schule Häuser gab, viele Häuser, aber von dort, wo Charlotte saß, waren nur Bäume zu sehen. Ohne den Lärm der Schulkinder hätte sie sich einbilden können, es gebe keine Menschen weit und breit.

*Eines Tages reise ich nach Ägypten zu den Pyramiden und mache Ausgrabungen, und dann kann mir das alles hier egal sein.*

Aber noch war es das nicht.

Sie versuchte, im Gras ihre Chips und die Limo zu sehen, fand sie aber nicht.

*Kein Wunder, dass keiner sie leiden kann.*

Es wurde sehr schnell heiß dort oben, und so rückte Charlotte hinüber in den langen, rechteckigen Schatten, den die Klimaanlage aufs Dach warf. Dort streckte sie sich lang aus. Das Dach war zwar schmutzig und voll mit welkem Laub. Egal. Charlotte kniff die Augen zusammen und schaute zum Himmel hoch. Bis auf drei weiße Wolken, von denen eine wie ein Kaninchen mit Umhang aussah, war der Himmel makellos blau.

*Eine Sinfonie in Blau und Gelb.*

So lange starrte Charlotte in das helle Licht, dass es ihr vorkam, als würde sie blind, doch das war nur ein Trick ihrer Augen und dauerte nur einen Moment. Charlotte kniff beide Augen fest zu und setzte sich auf. Ihr wurde schwindlig. Langsam öffnete sie die Augen wieder und zwinkerte – einmal, zweimal, dreimal. Als sie wieder normal sehen konnte, fiel ihr Blick auf die Klimaanlage. Jemand hatte mit einem Permanentstift etwas daraufgeschrieben.

**Alles, was ich vom Leben weiß,
kann ich in drei Worten zusammenfassen.**

Charlotte schaute sich suchend um, so als müsste der Mensch mit dem Marker sich noch immer oben auf dem Dach befinden. Dabei sah man der Schrift an, dass der Satz schon vor langer Zeit geschrieben worden war.

Welche drei Worte konnten das sein?

»Hi.«

Charlotte zuckte erschrocken zusammen. Als sie sich umdrehte, sah sie verschwommen eine Gestalt vor sich. Dann erkannte sie die nicht zusammenpassenden Socken.

»Hi«, sagte Charlotte. »Was machst du denn hier oben?«

Magda setzte sich zu ihr in den Schatten. Ihr Gesicht glänzte verschwitzt. Ihre leuchtend gelbe Lunchbox, die sie schon in der Fünften gehabt hatte, stellte sie neben sich.

»Dasselbe könnte ich dich fragen«, sagte sie. »Ich esse mittags immer hier oben.« Dabei wies sie mit dem Kopf auf ihre Lunchbox.

Fast hätte Charlotte »Warum?« gefragt, aber eigentlich kannte sie die Antwort schon.

»Mir gefällt es hier oben«, fuhr Magda fort. »Wenn ich groß bin, will ich unbedingt in einem Penthouse wohnen, ganz hoch oben in einem Wolkenkratzer. Dann kann ich aus dem Fenster gucken und alles sehen, was sich oberhalb der unteren hundert Stockwerke befindet. Da brauche ich nicht einmal Möbel.«

Charlotte versuchte, sich Magda in so einem schicken Apartment vorzustellen, doch das gelang ihr nicht.

Sie räusperte sich.

»Mein Dad sagt, für jeden kommt einmal sein großer Tag. Der Tag, an dem das passiert, wovon man immer geträumt hat. An dem das Leben so wird, wie man es sich immer vorgestellt hat«, sagte Charlotte. »Ich vermute, für dich ist das diese Wohnung.«

Beide schauten hinunter auf den Pausenhof, wo ihre Mitschüler weiter herumwuselten.

»Emily Dickinson hat einmal gesagt, die Zukunft setzt sich aus lauter Jetzt zusammen«, sagte Magda.

»Du kennst dich anscheinend gut aus mit Gedichten«, sagte Charlotte. Sie schaute wieder zu den Baumkronen hinüber. »Mir gefällt es auch hier oben. Von hier sieht alles ganz anders aus.«

»Wenn du nirgends etwas Schönes entdecken kannst, such dir einen neuen Blickwinkel«, sagte Magda.

»Von welchem Dichter stammt das?«

»Von Magda Rivera.« Magda beugte sich vor, griff nach einem herumfliegenden Blatt und machte ein Foto davon. Nach wenigen Sekunden gab ihr eine App die Antwort, und sie las vor: »Hartriegel.«

»Ich sollte meinem Vater von dieser App erzählen«, sagte Charlotte. »Die würde ihm gefallen.«

Magda steckte ihr Handy zurück in die Hosentasche. »Er hat sie schon. Von ihm hatte ich den Tipp.«

»Im Ernst?« Charlotte hatte nicht gewusst, dass ihr Vater überhaupt Apps herunterlud.

»Ja. Ich war einmal draußen und habe eine Frottage von einem Blatt gemacht. Kennst du das? Wenn du ein Blatt Papier über einen Gegenstand legst und mit einem Buntstift darüberreibst? Egal, jedenfalls kam er vorbei, als ich das gerade machte, und dann hat er mir alles über die Bäume in unserem Garten erzählt. Das war echt cool. Dabei hat er mir auch die App gezeigt.«

Charlotte konnte sich die Szene lebhaft vorstellen: *Das hier ist ein Pfirsichbaum, Magda, das da drüben eine Kiefer, und was da blüht, ist ein Kirschbaum.*

Mit ihr selbst hatte er noch nie über Bäume geredet.

Andererseits – sie hatte in letzter Zeit auch kaum zugehört.

Ein Kloß bildete sich in ihrem Hals.

*Sie schluckte ihn hinunter.*

# Das Leben aus Bens Sicht
# Teil XIV

»Ben Boxer – wie er leibt und … Du liebe Güte!«

Mrs. Carlile stand von ihrem Platz am Schreibtisch auf.

Wyatt beugte sich vor und kniff die Augen zusammen. »Mannomann!«, sagte er. »Was hast du denn gemacht?«

»Ich hab ’nen Sturz gebaut, auf dem Weg zur Cafeteria«, sagte er. Er hatte noch nicht in den Spiegel geschaut, aber er wusste auch so, dass er blutete. »Eigene Dummheit!«

Das war natürlich gelogen. Na ja, nicht ganz. Er hatte tatsächlich einen Sturz gebaut, nur war dieser zufällig über Theo Barretts Turnschuh gegangen. Bis dahin war es Ben nicht klar gewesen, wie leicht man jemandem ein Bein stellen konnte, ohne dass irgendwer sonst etwas davon mitbekam. Man hielt nur den Fuß an die passende Stelle und sah zu, wie der andere hinfiel. Keine große Sache. Und wenn man es besonders schlau anfing, gab es auch kaum Augenzeugen. In diesem Fall waren es nur Derrick und Sherry gewesen, und beide hegten keine großen Sympathien für Ben. Sie hatten bloß gelacht, als Ben stolperte und mit dem Kinn aufs Pflaster knallte, während seine Bücher durch die Gegend flogen. *Wie eine Szene aus einem schlechten Film,* war Bens erster Gedanke gewesen, noch während er stürzte. *Der Peiniger stellt seinem Opfer ein Bein.*

Keiner der Mitschüler bot Ben eine Hand, um ihm aufzuhelfen, alle wollten schnell zum Mittagessen und machten einfach einen Bogen um ihn herum.

Ben sammelte seine Bücher ein, versteckte sein Kinn hinter dem Band »Mathematische Probleme für Fortgeschrittene« und steuerte gleich das Sekretariat an. Wer Teamgeisthemden zu verteilen hatte, der hatte doch sicher auch Pflaster.

»Hol den Erste-Hilfe-Kasten aus dem Wandschrank«, sagte Mrs. Carlile zu Wyatt und winkte Ben zu sich. »Wir müssen die Wunde versorgen.«

Zum ersten Mal auf der anderen Seite des Tresens zu sein, verlieh Ben ein Gefühl von Autorität. Vielleicht konnte er den Rechner hacken und dafür sorgen, dass Theo von der Schule flog. »So also ist das Leben in der Schulverwaltung«, sagte er. Sein Kinn pochte jetzt heftig.

»Durchaus glanzvoll, nicht wahr?«, erwiderte Mrs. Carlile, während sie das Erste-Hilfe-Set von Wyatt entgegennahm. »Du hast aber nur einen Kratzer, mehr nicht.«

»Habe ich Blut auf dem Hemd?«, wollte Ben wissen. Die Anzahl der Hemden, die ein Junge im Laufe einer Woche verlieren konnte, war wohl eher begrenzt.

»Nein, nein, es ist blütenweiß«, sagte die Sekretärin und drückte ein Desinfektionstuch auf die Wunde. Als Ben zusammenzuckte, pustete Mrs. Carlile kurz, damit der Alkohol nicht so brannte. Ben musste auf einmal an seine Mutter denken und wäre gern bei ihr zu Hause gewesen.

»Erst der Ketchup-Fleck in Form einer Harry-Potter-Narbe und jetzt das. Murphys Gesetz«, sagte Wyatt.

»Die Mittagspause als Gefahrenquelle«, sagte Ben. »Vielleicht sollte ich stattdessen auch herkommen. Mich nützlich machen. So wie Wyatt.«

Wyatt gähnte. »O ja, wir könnten dringend Hilfe brauchen. Wir ertrinken hier in Arbeit.« Er nahm einen Kuli, klickte dreimal und legte ihn wieder weg. »Wenn du glaubst, du verträgst den Stress hier.«

»Wyatt ist ein Sonderfall«, sagte Mrs. Calile und klebte Ben ein Pflaster aufs Kinn.

»Allerdings«, warf Wyatt ein. »Mister Einzigartig, das bin ich.«

»Ich bin auch ein Sonderfall«, sagte Ben. Das Pflaster klebte jetzt fest, fühlte sich aber unangenehm an. Er versuchte Mrs. Carlile in die Augen zu sehen, aber sie war damit beschäftigt, das Erste-Hilfe-Set neu zu ordnen. »Ich kann nicht einmal laufen, ohne über meine eigenen Füße zu stolpern. Hier drinnen wäre ich viel sicherer.« Ben sah sich um. »Vielleicht könnte ich einfach heute hier aushelfen.«

Mrs. Carlile seufzte nachdenklich. Ben zog die Augenbrauen hoch. Er spürte, wie ihre Entschlossenheit bröckelte.

»Nun ja, schaden kann es vermutlich nicht«, sagte sie.

»Klasse«, sagte Wyatt. »Ich führ dich rum.« Er zeigte auf einen Becher mit Stiften. »Hier sind die Stifte.« Er zeigte auf das Kopiergerät. »Da ist der Kopierer.« Dann ging er zum Tresen mit den An- und Abmeldelisten. »Das hier ist die Abmeldeliste. Wenn jemand früher nach Hause gehen muss, trägt er sich hier ein und ruft dann von diesem Telefon aus seine Eltern an. Schüler dürfen nur dieses Telefon dafür benutzen, nicht ihre Handys. Damit wollen wir Absentismus verhindern. Absentismus bedeutet …«

»… dass Schüler ohne triftigen Grund der Schule fernbleiben. Umgangssprachlich Schuleschwänzen genannt«, sagte Ben. Beim Reden schob sich das Pflaster zusammen.

»So in etwa.« Wyatt zeigte auf Mrs. Carlile, die inzwischen wieder an ihrem Schreibtisch saß. »Und das hier sind Mrs. Carlile und ihr Arbeitsplatz. Ende der Führung.«

»Faszinierend«, sagte Ben. »Und welche Aufgaben stehen aktuell an?«

»Im Grunde müssen wir nur bis zum Läuten hier stehen. Das Wichtigste ist, dafür zu sorgen, dass jeder, der vorzeitig die Schule verlässt, sich hier in diese Liste einträgt und das richtige Telefon benutzt. Aber in der Mittagspause ist hier normalerweise wenig los. Also löchere ich Mrs. Carlile mit sinnlosen Fragen, bis sie mir sagt, ich soll den Mund halten.«

Ben sah zu der Sekretärin hinüber, die auf ihren Bildschirm starrte und nickte.

»Was für Fragen?«, wollte Ben wissen.

»Zum Beispiel: Warum sagt man Engländer, aber nicht Finnländer?«

»Hm. Gute Frage.«

»Oder: Warum wird Pizza immer in eckigen Schachteln geliefert statt in runden?«

»Vermutlich sind eckige besser zu stapeln. Manche Leute wollen vielleicht auch eckige Pizzen. Die leeren Ecken eignen sich auch für kleine Saucenbehälter. Außerdem sind eckige Schachteln bestimmt leichter zu falten.«

Wyatt zog eine Augenbraue hoch und nickte. »Interessante Theorien. Was ist mit dieser Frage: Haben Zebras weiße Streifen oder schwarze?«

»So kann er endlos weitermachen«, sagte Mrs. Carlile. »Da siehst du, was du losgetreten hast.«

»Ich hab auch eine: Wie viele Personen sind vier Zwillinge?«

Mrs. Carlile stöhnte.

Wyatt wirkte begeistert. »Toll«, sagte er. Die Jungen schlugen die Fäuste gegeneinander.

*Vielleicht stellt mir morgen wieder einer ein Bein,* dachte Ben. *Dann muss ich nie wieder mittags in die Cafeteria.*

# Fragen

Nachrichten aus dem Kaninchenbau: *Seesterne können zu ihrer Umgebung in Beziehung treten, sie suchen nach Nahrung und reagieren auf Gefahr. Sie wirken empfindungslos, sind aber tatsächlich in der Lage, auf ihre Umwelt einzuwirken. Seesterne sind sehr viel interessanter, als es auf den ersten Blick scheint. Dasselbe gilt für Pflanzen.*

Am Ende brauchten sie gar kein Skalpell, um die Seesterne zu sezieren. Stattdessen würden sie eine Schere benutzen. Während das Bild eines Seesterns hinter Miss Schneider an die Wand projiziert wurde, hielt die Lehrerin eine hoch. Am nächsten Tag sollte es losgehen.

»Mit der Schere schneidet ihr von unten nach oben – also von euch weg – bis in die Mitte des Seesterns«, erklärte sie. »Dann schauen wir uns die Darmdivertikel in den Armen an sowie die Teile des Endoskeletts direkt unter der Haut. Wie ihr wisst, hat der Seestern fünf Arme, sodass ihr und euer Laborpartner Gelegenheit habt, wenigstens einen Arm aufzuschneiden. Achtet darauf, um die Madreporenplatte – auch

Siebplatte genannt – herumzuschneiden, um die zentrale Körperscheibe freizulegen.«

*Laborpartner.*

Charlotte beugte und streckte ihr Knie. Sie hoffte, dass der pochende Schmerz auf diese Weise nachließ. Dann sah sie sich in der Klasse um. Magda saß zwei Reihen hinter Tori. Sie hielt den Kopf gesenkt und schrieb eifrig in ihr Heft. Ihr dunkles Haar fiel zu beiden Seiten des Gesichts nach vorn. Charlotte flüsterte »Magda«, um sie auf sich aufmerksam zu machen, doch Magda blickte nicht auf. Charlotte flüsterte den Namen noch einmal, und als Magda aufsah und die Blicke der beiden sich trafen, fragte Charlotte unhörbar: »Laborpartner?«

»Ich?«, fragte Magda und zeigte verwirrt auf sich selbst.

Charlotte nickte und flüsterte: »Sollen wir Laborpartner sein?«

Magda nickte, aber im selben Moment reckte Tori die Hand. »Miss Schneider, könnten Sie den letzten Teil bitte wiederholen? Ich wurde abgelenkt«, sagte sie mit einem Seitenblick auf Charlotte.

Charlotte hätte gern die Augen verdreht, verkniff es sich aber.

»Wir waren gerade bei den Eigenschaften, die Seesterne so ungewöhnlich machen«, sagte die Lehrerin. »Kann mir jemand von euch sagen, wo im Laufe der Evolution der Seestern einzuordnen ist? Wenn ihr ihn dem Aussehen nach klassifizieren solltet, was würdet ihr sagen? Früh oder spät im Prozess der Evolution?«

»Spät«, rief Tori, ohne sich erst zu melden.

»Stimmt«, sagte die Lehrerin. »Was noch ungewöhnlich ist am Seestern, das ist die Radialsymmetrie. Das bedeutet, dass identische Teile kreisförmig um eine Mittelachse herum angeordnet sind. Außerdem haben Seesterne keinen Kopf und kein Gehirn, jedenfalls kein Gehirn im üblichen Sinne. Frage: Brauchen Lebewesen ein Gehirn, um auf ihre Umwelt zu reagieren?«

Tori lehnte sich zu ihrer Nachbarin Isabelle hinüber und wies mit dem Kopf auf Charlotte. »Seesterne sind nicht die Einzigen, die ohne Hirn auskommen«, flüsterte sie.

Beide lachten.

Charlotte hob die Hand, teils weil sie die Antwort wusste, teils, um das Gelächter zu dämpfen. »Seesterne nehmen ihre Umwelt durchaus wahr«, sagte sie ruhig. »Sie haben Sensoren, mit denen sie auf alles reagieren, was um sie herum geschieht, trotz ihres begrenzten Nervensystems.«

»Richtig«, sagte Miss Schneider. Sie legte die Schere weg. »Ja, Magda?«

Charlotte drehte sich nach ihrer neuen Laborpartnerin um, so wie die meisten anderen auch. Obwohl Magda, wie jeder wusste, zu den Intelligentesten der Schule gehörte, kam es selten vor, dass sie sich zu Wort meldete.

»Können Seesterne Schmerz empfinden?«, fragte sie jetzt.

Miss Schneider zögerte kurz. »Seesterne verfügen über ein zentrales Nervensystem, insofern ist die Antwort: Ja, sie empfinden Schmerz. Aber keine Sorge, wir sezieren keine lebenden Exemplare.«

Wieder lachten Tori und Isabelle.

Doch Charlotte fand die Frage gut. Sehr gut sogar.

## Das Leben aus Bens Sicht
## Teil XV

»Wenn du es schaffst, sie zum Lachen zu bringen, dann werden sie sich immer an dich erinnern«, sagte Mr. Boxer.

Bens Vater war heute schon früh nach Hause gekommen, zum ersten Mal in dieser Woche. Jetzt stand er in der Küche und kochte Spaghetti. Bens Mutter hatte es sich mit einem Buch in einer Sofaecke gemütlich gemacht. Man hätte meinen können, es sei ein ganz normaler Donnerstag, hätte man es nicht besser gewusst. Doch Ben wusste es besser, und er hatte nicht vor, das Theater mitzumachen. »Die ganze Welt ist eine Bühne«, hatte Shakespeare gesagt. Moment – war das Shakespeare gewesen oder doch jemand anderes?

Zu den Requisiten auf der Bühne der Boxers gehörte jedenfalls ein Topf Spaghetti.

Dummerweise braucht man von Zeit zu Zeit irgendetwas aus der Küche, und egal wie schnell man sich bewegt, es gibt keinen Weg darum herum. Ben hatte keine Lust, mit seinem Vater zu reden, aber wie sollte er sich seine Wasserflasche aus dem Kühlschrank holen, ohne dem Vater über den Weg zu laufen?

»Sieh also zu, dass du ein paar gute Witze in die Rede einbaust«, fuhr der Vater fort. Er hörte auf, im Topf zu rühren. »Brauchst du Hilfe? Ich könnte …«

»Nein, danke«, unterbrach ihn Ben.

»Was ist mit deinem Kinn passiert?«

»Bin hingefallen. Hab's Mom schon erzählt. Frag sie.«

Ben trank einen Schluck Wasser und ging zurück in sein Zimmer. Auf dem Weg musste er um die Umzugskisten seines Vaters herum Slalom laufen.

»Wir können gleich essen!«

»Hab keinen Hunger!«, rief Ben zurück. Er machte die Tür hinter sich zu und schloss sofort ab. Dann starrte er auf die Tür. Er hatte wenig Erfahrung mit Wut, aber was er gerade empfand, das musste Wut sein, da war er sich ziemlich sicher. Er wusste auch nicht so genau, wo diese Wut genau herkam, nur dass sie sich ausschließlich gegen seinen Vater richtete. Es fühlte sich an, als würden Funken aus einem Zauberstab sprühen. Er hatte keine Ahnung, wieso seine Eltern sich trennten, er hatte nicht gefragt und wollte es auch gar nicht wissen. Es war ihm lieber, nicht darüber zu reden, doch ein Gedanke hatte sich fest in seinem Gehirn eingenistet und ließ ihm keine Ruhe: An allem war sein Vater schuld. Er war derjenige in der Familie, der sich am häufigsten über etwas beschwerte. Zwar ging es dabei meistens um seine Arbeit. Trotzdem: Einer musste ja schuld sein, oder?

## Geständnisse

Nachrichten aus dem Kaninchenbau: *Stalagmiten bestehen aus Calciumsalzen, die sich aus tropfendem Höhlenwasser ablagern. Sie sammeln sich auf dem Höhlenboden und wachsen in die Höhe, manchmal sogar bis zur Höhlendecke. Stalagmiten wachsen langsam, Tropfen um Tropfen, und können dabei zu wahren Wunderwerken werden.*

»Geständnis«, sagte Ben Boot. »Ich kenne vierhundert Wörter, die mit Q anfangen, aber ich kann nicht Basketball spielen.«

Es war schon Abend. Charlotte stand am Fenster und sah hinüber zum Garten der Riveras. Mateo war draußen und stieg unablässig auf einen Betonklotz und wieder herunter. Das war eine seiner üblichen Fitnessübungen. Sonst hatte Charlotte immer Schmetterlinge im Bauch gespürt, wenn sie ihn sah, doch dieses Mal musste sie beim Blick in den Garten an Magda denken, die sich über die niedrige Mauer hinweg mit Charlottes Vater unterhalten hatte. Sie stellte sich vor, wie er ihr die verschiedenen Bäume erklärt und wie sie aufmerksam zugehört hatte.

»Also?«, sagte Ben.

»Also was?«

»Du bist dran mit einem Geständnis.«

»Okay.« Charlotte ging zu ihrer Kommode und tippte leicht mit dem Zeigefinger auf ihre Steine. »Ich kann auch nicht Basketball spielen.«

»Das zählt nicht. Du hast einfach nur wiederholt, was ich gesagt habe.«

»Aber es stimmt doch!«

»Das spielt keine Rolle.«

Hier kommt ein Geständnis: Manchmal wünschte sich Charlotte, sie könnte mit jemandem ihr Leben tauschen. Es konnte passieren, dass sie gerade im Lebensmittelladen stand und jemand laut lachte. So ein Lachen, bei dem das ganze Gesicht aufleuchtet. Dann stellte sie sich vor, wie sie zu der Person hinging und fragte, ob sie vielleicht mit ihr tauschen wolle. *Nur für eine Weile,* würde sie sagen. Wenn ihr Gegenüber dann Nein sagte, würde sie weiterreden. *Vielleicht müssen wir ja gar nicht tauschen. Ich könnte auch einfach mit Ihnen kommen. Wie ist es da, wo Sie wohnen? Es muss nett sein bei Ihnen, sonst könnten Sie nicht so lachen.*

Und noch ein Geständnis: Charlotte hatte sich ein komplettes Bild von Lottie Lock, der Scrabblemeisterin, gemacht. Lottie war hübsch, schlau und witzig. Lotties Eltern waren energiegeladen und voller Lebensfreude. Sie gingen mit ihr Eis laufen. Sie gingen mit ihr in Vergnügungsparks und in den Zoo. Im Sommer fuhren sie ans Meer, im Winter in die Berge. Lottie hatte jede Menge Freunde. Lottie war nie traurig. Sie war froh über alles, was sie hatte, aber sie brauchte auch nicht viel. Jeden Morgen war ihr Bett perfekt gemacht, mit den bequemsten, kuscheligsten Kissen, die man sich vorstellen konnte. Nie waren ihre Haare beim Aufstehen voller Knoten, nie hatte sie morgens einen steifen Hals. Nie lagen Klamotten auf ihrem Boden, denn Lottie war superordentlich und total durchorganisiert. Dieses Mädchen – dieses vollkommen vollkommene Mädchen – fühlte sich niemals fehl am Platz, denn sie war immer am richtigen Platz. Sie wusste immer das Passende zu sagen und hatte nie Angst. Solange sie lebte, würde sie nie den Satz zu hören bekommen: *Kein Wunder, dass keiner dich leiden mag.* Lottie hatte immer jemanden, der mittags mit ihr zum Essen ging. Wie war wohl ihr zweiter Vorname? Ich sollte ihr einen geben, dachte Charlotte. Vielleicht Melody? Das erinnerte sie an eine Zeit, in der Bridget und sie sich oft Namen für ihre zukünftigen Kinder ausgedacht hatten.

»Du sagst immer Melody«, hatte Bridget ihr vorgeworfen. Sie selbst kam jedes Mal mit neuen Namen: Chloe, Sadie, Saphora oder Zane. »Denk dir doch mal was Neues aus.«

»Aber ich mag Melody.«

»Das ist bloß so … so unoriginell.«

Also dachte Charlotte sich andere Namen aus, an die sie sich schon gar nicht mehr erinnerte. Aber insgeheim blieb sie immer bei Melody.

»Lottie?«, sagte Ben. »Bist du noch da?«

»Tut mir leid«, sagte Charlotte. »Ich war in Gedanken.«

Sie schaute auf ihre Hand und merkte da erst, dass sie Sphinx festhielt. Sie erinnerte sich gar nicht, dass sie den Stein in die Hand genommen hatte.

»Und wo warst du mit deinen Gedanken?«

Charlotte sah Mateo zu, der noch immer im Garten seine Übungen machte. An jedem anderen Tag hätte sie sofort an Bridget geschrieben: *Was glaubst du, was ich gerade sehe?* Aber heute war nicht irgendein Tag.

»Ich habe an morgen gedacht«, sagte sie.

»Ach ja, stimmt«, sagte Ben. »Morgen werden die Seesterne seziert, stimmt's?«

Daran hatte Charlotte allerdings gar nicht gedacht. Sondern an den Schulbeginn am nächsten Tag und die Morgenbank ohne Bridget. Sie hatte überlegt, ob sie mittags auf dem Dach essen sollte. Ob Bridget wieder mit ihr reden würde? Doch jetzt stellte sie sich den Seestern vor, der am nächsten Tag auf sie und Magda wartete. Sie dachte darüber nach, ob Seesterne Schmerzen empfinden. Einerseits wusste sie sicher, dass die Exemplare, die sie am nächsten Tag sezieren würden, nichts empfinden konnten – sie waren schließlich tot –, trotzdem wurde sie den Gedanken nicht los, ob ihres womöglich einen seiner Arme zum Himmel recken und *Warum?* fragen würde.

»Ja«, sagte Charlotte. »Aber eigentlich …«

Sie wusste selbst nicht, was sie gleich sagen würde. Ein Plan wuchs gerade in ihrem Kopf. Ein blöder und gefährlicher Plan. Aber er fühlte sich anders an. Wie etwas Machbares.

»Eigentlich?«, fragte Ben.

»Ich überlege mir gerade, ob ich nicht schwänze.«

Ben zögerte kurz. »Ob du was?«

»Na ja, ob ich die Schule schwänzen soll.«

»Die Schule?«, wiederholte Ben entgeistert, so als hätte sie gesagt, sie plane einen Mord.

Charlottes Herz klopft wie wild.

»Ich habe vor, ins Kunstmuseum zu gehen«, sagte sie und dachte an Gauguin. *Warte nur, bis du das Bild im Original siehst, Charlotte,* hatte ihr Vater gesagt. Sie hatte so getan, als würde sie etwas sehen, aber eigentlich hatte sie gar nicht richtig hingeschaut. Stattdessen hatte sie nur gefragt, ob sie bald nach Hause gehen könnten.

»Das ist doch viel besser als alles, was wir in der Schule lernen könnten, oder? Außerdem: Einen Seestern zu sezieren ist doch ziemlich grausam, findest du nicht?«

Sie konnte es selbst nicht fassen, wie locker sie das dahingesagt hatte. *Was ist schon dabei, ein Tag Schuleschwänzen mehr oder weniger. Ich bin Lottie Melody Lock, das Mädchen, das mal eben mit dem Zug nach Philadelphia reinfährt. C'est la vie.*

Sie legte Sphinx zurück auf die Kommode und schlug Fahrpläne nach, während sie weiterredete.

»Hast du denn noch nie geschwänzt?«, fragte sie.

»Nie! Ich habe noch keinen einzigen Schultag versäumt«, sagte Ben. »Hast du keine Angst, erwischt zu werden?«

Es gab einen Zug, der um 7.40 Uhr abfuhr und um 8.20 Uhr am Bahnhof 30. Straße ankommen würde. Von dort wäre es laut Internet ein Fußweg von etwa dreißig Minuten zum Museum.

Würde sie so weit laufen können?

Sollte sie ein Taxi nehmen?

Was waren das überhaupt für Gedanken?

Sie spürte das Blut in ihren Ohren rauschen.

Sie ganz allein. In der großen Stadt.

Na und? Es war ja nicht so, als hätte sie keinen Plan. Sie würde ins Museum gehen, diesen Gauguin suchen, auch van Gogh und wen auch immer, und dann würde sie sich wieder auf den Weg zum Bahnhof machen.

Was sollte ihr da schon Schlimmes passieren?

Es war doch alles ganz einfach. Kinderleicht sogar. Das Einzige, was sie brauchte, war Geld. Geld für den Zug, die Eintrittskarte und vielleicht noch das Taxi, falls sie beschließen sollte, nicht zu laufen. Sie hatte Geld gespart, um sich eine versteinerte Koralle und traubige Chalcedon-Stalagmiten zu kaufen, aber die waren ihr auf einmal ganz egal.

Wie winkte man überhaupt nach einem Taxi?

»Bist du noch da?«, fragte Ben wieder.

»Ja«, sagte Charlotte und griff nach Sphinx. »Tut mir leid, ich habe gerade nach Zugverbindungen geschaut.«

Ben zögerte kurz. »Sieht so aus, als hätten wir beide morgen unseren großen Tag.«

»Ach ja, richtig. Deine Rede.« Sie umklammerte Sphinx so heftig, dass sich der Stein in das weiche Fleisch ihrer Handfläche bohrte. »Ich bin sicher, du machst das super.«

»Hoffentlich«, antwortete Ben. »Ich will, dass es die eindrucksvollste Rede wird, die je vor der Schulgemeinde gehalten wurde.«

»Das schaffst du, da bin ich mir sicher.«

Mateo war nicht mehr im Garten.

Charlotte öffnete ihr Fenster. Kühler Septemberwind wehte ihr ins Gesicht.

Vom anderen Ende der Leitung her hörte sie so etwas wie ein leises Türklopfen.

»Das ist meine Mutter«, sagte Ben. »Vermutlich will sie mich zwingen, Spaghetti zu essen. Ich muss mal Schluss machen.«

»Okay«, sagte Charlotte. »Hör zu – sorg dich nicht wegen morgen. Du wuppst das schon, das weiß ich.«

Sie legte auf.

Machte ihr Fenster weiter auf.

Holte weit nach hinten aus mit dem Arm.

Und warf, ohne zu zögern, Sphinx hinaus, so weit sie konnte.

## Das Leben aus Bens Sicht
## Teil XVI

Es war nicht seine Mutter. Es war sein Vater.

»Darf ich reinkommen?«, fragte er.

Ben wollte nicht, dass seine Eltern, egal wer von beiden, die Ruhe und Ordnung in seinem Zimmer störten – die ordentlich aufgeschüttelten Kissen auf seinem Bett, die glatt gestrichene Decke mit dem Ravenclaw-Wappen, die Star-Wars-Legofiguren, die er vor drei Jahren gebaut und noch immer in einer Zimmerecke stehen hatte. Hier war sein Land, in dem alles sinnvoll und logisch war, hier konnte er keine Leute brauchen, die gerade dabei waren, sich zurückzuentwickeln. Andererseits – was kann man schon sagen, wenn der eigene Vater mit großen, traurigen Augen in der Tür steht und darum bittet, hereinkommen zu dürfen? Natürlich sagt man Ja, auch wenn man am liebsten die Tür zumachen und sich für immer dahinter verschanzen möchte.

Mr. Boxer setzte sich an den Schreibtisch, gegenüber von Ben, der an der Bettkante lehnte. Ben wollte sich nicht bequem hinsetzen, um nicht den Eindruck zu erwecken, er sei bereit für ein langes Gespräch.

»Ich weiß, dass du durcheinander bist«, begann der Vater.

Der Duft von Pastasoße zog aus dem Flur zur offenen Zimmertür herein, und Ben verfluchte insgeheim seinen knurrenden Magen. Ihm war der Appetit auf Spaghetti vergangen, auch wenn der Vater extraviel Knoblauch und eine Prise Zimt daran getan hatte, so wie Ben es liebte.

»Du solltest aber darüber sprechen«, fuhr der Vater fort. »Du wirst sehen, dann geht es dir besser. Du kannst uns alles fragen. Du kannst *mich* alles fragen. Alles, was du willst.«

*Du bist doch Chemiker! Jemand, der weiß, wie man die Eigenschaften chemischer Substanzen korreliert, um die Wirkung von Verbindungen abzuschätzen und Reaktionen zwischen Chemikalien zu untersuchen, der sollte doch in der Lage sein, eine funktionierende Ehe zu führen, oder? Von intelligenten Menschen konnte man ja wohl erwarten, dass sie Probleme auf intelligente Weise lösten.*

*Wo ist deine neue Wohnung? Hast du lauter neue Möbel? Gibt es da ein Zimmer für mich?*

*Mom hat neuerdings eine ganz neue Mimik, eine ganz neue Art, einen anzuschauen. Kennst du die an ihr?*

*Wie konnte das alles passieren, ohne dass ich etwas davon mitbekommen habe? War ich nicht achtsam genug? Hätte ich achtsamer sein müssen?*

*Bin ich einer der Gründe, wieso du ausziehen willst?*

*Hat es damit zu tun, dass ich nicht genug Freunde habe und immer zu Hause bin, sodass ihr nicht genug Zeit allein miteinander habt, Mom und du?*

»Ich«, fing Ben an. Er schluckte. »Ich habe keine Fragen.«

Mr. Boxer nickte und schaute auf seine Füße, die in weißen

Socken steckten. Zu Hause trug er immer weiße Socken, was Bens Mutter wahnsinnig machte. Sie hatte ihm sogar einmal Hausschuhe zu Weihnachten geschenkt, doch die hatte er nur ein einziges Mal getragen. An jenem Weihnachtsfest.

Konnte das einer der Gründe sein? Ließen Leute sich wegen so etwas scheiden? Wegen Hausschuhen?

»Irgendwann wirst du Fragen haben«, sagte Mr. Boxer. »Ich will dich nicht drängen. Ich will nur, dass du weißt, dass du immer zu mir kommen kannst. Oder zu deiner Mutter.« Nach einer kurzen Pause fügte er hinzu: »Am Wochenende ziehe ich um. Du kannst mir helfen. Dir aussuchen, welches Zimmer du gern hättest. Oder du kommst wenigstens jetzt mit und isst mit uns Spaghetti. Wir können nämlich immer noch als Familie zusammen essen. Deine Mutter und ich sind weiter sehr gute Freunde, Ben.«

»Da habe ich Gegenbeweise«, sagte Ben.

Sein Vater runzelte die Stirn und stand auf. »Nun gut. Wenn du doch noch Hunger bekommst – das Essen wartet in der Küche auf dich.«

Sobald sein Vater hinausgegangen war, sprang Ben auf und verschloss die Tür.

## Lauter Fragen

Nachrichten aus dem Kaninchenbau: *Die Sportart Lacrosse hat ihren Namen vom französischen Wort für den Bischofsstab. Zuerst wurde das Spiel von Irokesen im Nordosten der USA gespielt, und es gibt Hinweise darauf, dass es schon im zwölften Jahrhundert v. Chr. erfunden wurde. Zu einer Mannschaft gehören neben dem Torwart und den Mittelfeldspielern auch Angreifer und Verteidiger.*

Charlotte konnte nicht schlafen. Sie hatte noch ihre Schulkleidung an, lag aber schon im Bett und dachte an den nächsten Tag. Sie hatte den Fahrplan auswendig gelernt, hatte gegoogelt, wie man ein Taxi ruft, und zu ihrer Erleichterung gelesen, dass sowohl am Bahnhof 30. Straße als auch am Museum normalerweise Taxen warteten. Sie war also bereit. Trotzdem hörte ihr Herz nicht auf, so wild zu klopfen, und statt sich für den nächsten Tag auszuruhen, lag sie hellwach in ihrem Bett, während die Gedanken in ihrem Kopf Karussell fuhren. Schließlich stand sie auf und lief barfuß durch den Flur, die Treppe hinunter und in die Küche. Ihr Handy hatte sie eingesteckt.

Im Vorratsschrank gab es jede Menge Snacks, die für Menschen mit einer Herzschwäche geeignet waren. Charlotte nahm sich eine Tüte Mandeln, auch wenn Gummibärchen ihr lieber gewesen wären. Plötzlich verspürte sie den Drang, die Haustür aufzureißen und laut schreiend in die Welt hinauszulaufen, mit nichts als den Mandeln in der Hand und den Kleidern, die sie am Leib trug. Wie weit sie wohl kommen würde? Zwei Straßen weiter? Zwei Meilen? Bis ins nächste Stadtviertel? Wann würden ihr die Füße wehtun? Wie mochte es sich anfühlen, alles hinter sich zu lassen?

Doch selbst wenn sie stundenlang liefe, würde das nichts ändern. Ihr Dad sagte manchmal: *Wo du auch hingehst, du bist immer schon da.* Einmal hatte sie ihn gefragt, was das bedeuten sollte, und er hatte gesagt: »Vor dir selbst kannst du nicht weglaufen.« Damals war sie noch klein gewesen, und sie hatte sich etwas wie bei Peter Pan vorgestellt – einen Schatten, der seinem Eigner zu entkommen versucht. Doch jetzt verstand sie, was ihr Vater gemeint hatte.

Statt vorn aus dem Haus zu flüchten, schlich sie zur Küchentür hinaus in den Garten. Noch nie war sie so spätabends allein dort gewesen. Es war gruselig und großartig zugleich. Die Welt schlief, und alle Sterne gehörten ihr allein. Charlotte riss die Tüte mit den Mandeln auf, legte sich auf die Steinmauer und schaute in den Himmel hoch. Die Welt war so groß und sie selbst so klein, und ebenso klein waren ihre Probleme.

*Wenn du nirgends etwas Schönes entdecken kannst, such dir einen neuen Blickwinkel.*

Sie schob sich drei Mandeln in den Mund, auch wenn ihre

Mutter sie immer gewarnt hatte, im Liegen zu essen, weil sie dabei leicht ersticken könnte. Sie überlegte, wie es wohl wäre, die Sterne mit der Hand zu berühren, und im selben Moment – einfach so – erstrahlten sie hell.

Doch es waren gar nicht die Sterne. Es war die Lampe auf der Veranda der Riveras.

Mateo kam heraus, ein Springseil in der Hand.

*Wer trainierte denn um Mitternacht?!*

Sofort zog Charlotte ihr Telefon aus der Tasche, um Bridget zu schreiben: *Rate mal, wer gerade im Garten Seil springt!*

Doch dann erinnerte sie sich wieder, und so machte sie stattdessen schnell einen Scrabble-Spielzug: SCHEIN.

Sie lauschte dem Geräusch des Springseils, wenn es den Boden berührte: *Wuusch. Plick.*

Charlotte hatte furchtbaren Durst, das kam wohl von den Mandeln, aber sie traute sich nicht, sich von der Stelle zu bewegen. Solange sie auf der Mauer lag, konnte Mateo sie von dort, wo er war, nicht sehen, doch wenn sie jetzt aufstand und ins Haus ging, könnte er sie entdecken und glauben, sie spioniere ihm nach.

Doch schließlich ging er zurück ins Haus, und Charlotte sprang vom Mäuerchen. Sie war schon fast an der Küchentür, als Mateo wieder im Garten auftauchte, dieses Mal mit einer Wasserflasche in der Hand.

»Hey«, sagte er. Dieses Hey klang aber nicht nach *Hey, wie geht's?,* sondern nach *Hey, kann ich dich mal was fragen?.* Was ungewöhnlich war. Sehr ungewöhnlich.

Charlotte blieb wie erstarrt stehen.

Ihre Kehle fühlte sich staubtrocken an.

Mateo kam bis dicht an die Grundstücksgrenze. Charlotte wandte sich ihm zu, bewegte sich aber nicht von der Stelle. Sie wollte nicht, dass er ihre roten, verquollenen, müden Augen sah.

»Ich wollte dich mal was fragen«, begann er.

Er trug ein verschwitztes T-Shirt mit dem Aufdruck Providence High School LACROSSE.

Charlottes Herz stand still.

Ihr Körper war ein gewaltiger Zementblock.

»Stimmt es, dass sich Mitschüler von euch über meine Schwester lustig machen?«

Charlotte räusperte sich.

»Wie meinst du das?«, fragte sie, dabei kannte sie die Antwort schon.

»Indem sie sie einen Freak nennen. Oder *Macken-Magda*. Solche Sachen.«

Auf einmal hörte Charlotte jede einzelne Grille, die in der dunklen, dunklen Nacht im Garten zirpte. Waren sie eben auch schon da gewesen? Ihr war klar, dass Mateo irgendeine Antwort von ihr erwartete, doch da kam einfach nichts.

»Sie sagt, die anderen machen sich lustig über sie«, sagte Mateo wieder.

Charlotte fühlte sich wie in einer Achterbahn, so als sackte ihr Herz plötzlich in die Tiefe. Sie musste daran denken, wie Bridget die Birne in der Hand gehalten hatte, hier auf der Mauer, und Magda dabei abschätzig angestarrt hatte – die ungleich langen Socken, das verblichene T-Shirt, dazu diese seltsame Angewohnheit, ständig Verse aus irgendwelchen Gedichten zu zitieren. Dann fiel ihr ein, wie oft sie selbst *Macken-*

*Magda* gesagt hatte, ohne sich etwas dabei zu denken. War doch so, oder? Alle nannten Magda so.

Auch ihr waren die Socken und das T-Shirt aufgefallen.

Wann hatte das angefangen?

»Manche finden sie komisch«, sagte sie. Eigentlich hatte sie sagen wollen, dass Magda viele Freunde habe und niemand sich über sie lustig mache. Stattdessen sagte sie die Wahrheit.

Mateo nickte und ließ den Blick über den Garten wandern. Er hatte wieder diesen Gesichtsausdruck, der Bridget und Charlotte gespielt ohnmächtig auf dem Boden von Charlottes Zimmer zusammenbrechen ließ. Dann kniff er die Augen zusammen und sah so aus, als hätte er ein düsteres Geheimnis, das er dringend mit jemandem teilen wollte.

»Einmal hat meine Mutter einen Ameisenhaufen entdeckt, da drüben.« Er zeigte in eine Ecke des Gartens. »Magda ist aus Versehen hineingetreten und war voll von Ameisenbissen. Wir mussten sie in eine Wanne voll Wasser stellen. Mein Dad ist fast ausgerastet. Wir haben Leute, die sich um den Rasen kümmern, und Dad war total angepisst, dass sie den Haufen nicht beseitigt hatten. Am nächsten Morgen hat meine Mutter Ameisengift besorgt, einen Riesenkanister. Es sah aus, als wollte sie in den Krieg ziehen oder so.« Er schwieg einen Moment und sah Charlotte ins Gesicht. »Als Magda das Gift sah – was glaubst du, was sie gemacht hat?«

Charlotte schüttelte den Kopf.

»Sie hat angefangen zu weinen.« Mateo lachte leise. »Sie ist in den Garten gerannt und hat Äste und Steine und alles Mögliche gesammelt. Sie sagte, sie wolle so ein Ding bauen, so ein … Wie heißt das noch mal? Was man früher baute, um ganze Dörfer oder so zu schützen?«

»Einen Wall?«

»Ja, genau. Das war's. Sie baute einen Wall, um die Ameisen vor Moms Gift zu schützen. Die Ameisen hätten sie doch nicht angreifen wollen, sie hätten sich nur geschützt. Sie wollte nicht, dass die Tiere sterben. Es seien doch nur Ameisen!«

Mateo schürzte die Lippen und versuchte, den Verschluss der Flasche aufzubekommen.

»Wenn man das komisch nennen will«, sagte er.

Charlotte brachte kein Wort hervor. Ein dicker Kloß hatte sich in ihrer Kehle gebildet.

»Ich dachte nur, irgendjemand sollte davon wissen«, sagte er. Dann wandte er sich ab und stellte die Wasserflasche auf den Tisch.

Charlotte ging erst wieder ins Haus, als Mateo wieder mit dem Seilspringen anfing.

*Wuusch. Plick.*

# FREITAG

Aberration, die: *Abweichung, Irrweg in der Astronomie: scheinbare Ortsveränderung eines Gestirns*

## Das Leben aus Bens Sicht Teil XVII

Ben trank fleißig Wasser, um seine Kehle feucht zu halten. Außerdem hatte er die Frage, was er anziehen sollte, noch einmal ganz neu entschieden. Zum Oberhemd trug er jetzt den leuchtend blauen Anzug, der bei Macy's ganze 98 Dollar gekostet hatte. Seine Mutter hatte ihn ihm zur Abschlussfeier am Ende der fünften Klasse gekauft. Peinlicherweise passte er Ben noch immer.

Für die Entscheidung, welche Krawatte er tragen sollte, brauchte er geschlagene zwanzig Minuten. Blau oder schwarz? Blau oder schwarz? Blau oder schwarz? Er testete abwechselnd die eine und die andere, bis ihm schwindlig wurde und er glaubte, farbenblind zu sein. Am Ende entschied er sich für die blaue. Präsident Truman, der allgemein als einer der bestangezogenen amerikanischen Präsidenten des 20. Jahrhunderts galt, schätzte dunkelblaue Töne sehr, und der galt ja auch als einer der großen Staatsmänner der Moderne. Die dunkle Narbe an Bens Kinn war unübersehbar, doch die blaue Krawatte sagte: *Stimmt, ich hab eine Narbe im Gesicht. Na und? Was dagegen?*

»Hast du gestern Abend noch vor dem Spiegel geprobt?«, fragte sein Vater, als Ben fix und fertig gestylt am Freitagmorgen aus seinem Zimmer trat.

Ben rückte seine Krawatte zurecht, die ohnehin perfekt saß, und tat so, als hätte er die Frage nicht gehört. Stattdessen füllte er seine Flasche am Wasserhahn wieder auf.

»Proben, das ist bei allem das A und O. Es ist wichtig, dass du deinen Text weitgehend auswendig kennst«, fuhr Mr. Boxer fort. Er kramte in dem Korb neben der Haustür, in dem immer die Post und die Autoschlüssel lagen. Er nahm die Schlüssel heraus und wedelte damit. »Brauchst du eine Mitfahrgelegenheit zur Schule?«

»Mom fährt mich«, murmelte Ben. Er hatte dem Vater den Rücken zugekehrt, und so konnte er dessen Miene nicht sehen. Vermutlich runzelte er die Stirn.

»Viel Glück für heute«, sagte Mr. Boxer.

Es dauerte ein Weilchen, bevor der Vater die Haustür öffnete und hinter sich schloss.

## Falls jemand fragt

Nachrichten aus dem Kaninchenbau: *Etwa 143 Millionen Amerikaner pendeln jeden Tag zur Arbeit. Eine Studie aus dem Jahr 2013 zeigt, dass rund 70 Prozent von ihnen mit ihrer Arbeit unzufrieden sind. Andere Studien haben ergeben, dass die meisten Menschen ihre Träume nicht verwirklichen. Dafür gibt es zahlreiche Gründe, einer davon ist Mangel an Unterstützung oder Ermutigung. Forscher der Ohio State University haben herausgefunden, dass oft schon ein einziger Mensch das Leben eines anderen entscheidend verändern kann, indem er ihm den Ansporn gibt, den der andere braucht.*

Normalerweise wachte Charlotte morgens davon auf, dass ihre Mutter auf die Aus-Taste ihres Weckers schlug und noch halb benommen nach unten in die Küche wankte. Doch an diesem Freitag wachte Charlotte eine halbe Stunde früher auf als sonst, zog die Sachen an, die sie abends auf ihrem Stuhl bereitgelegt hatte, und hinterließ ihrer Mutter die Nachricht, dass Bridget und sie an diesem Tag schon früher zur Schule gingen. Wie eine Verbrecherin fühlte sie sich, als sie aus dem

Haus ins helle Morgenlicht trat. Ihr Herz raste. Ihr Hals war wie zugeschnürt. Sie lief schnell, schneller, noch schneller, denn sie war sich sicher, dass ihre Mutter plötzlich aufwachen und ihr folgen würde. Doch um diese frühe Stunde war es noch ganz ruhig in den Straßen. Keine Mütter.

Als Charlotte am Bahnsteig angekommen war, standen ihr Schweißperlen am Haaransatz und am Hals. Sie betrachtete die Leute um sie herum – fast alles Erwachsene mit einem Kaffeebecher in der Hand. Sie war so nervös, dass sie glaubte, gleich aus der Haut zu fahren. Eine Zwölfjährige ganz allein am Bahnhof, da musste doch jemand Verdacht schöpfen! Natürlich hatte sie sich eine Notlüge zurechtgelegt für den Fall, dass jemand sie ansprechen sollte. Inzwischen schwitzte sie noch mehr. Ob sie nach außen so nervös wirkte, wie sie sich innerlich fühlte? Sollte sie ihre Notlüge vielleicht noch etwas ausschmücken, um zu erklären, wieso sie so schwitzte?

*Zähl bis zehn, Charlotte.*

*Einatmen. Ausatmen.*

*Eins, zwei, drei, vier.*

Es kam ihr so vor, als würde eine Million Augen sie anstarren, doch in Wirklichkeit beachtete sie niemand. Die übrigen Reisenden waren alle damit beschäftigt, auf ihren Telefonen herumzutippen, Kaffee zu schlürfen und sich vorn an der Bahnsteigkante den Kopf nach dem Zug zu verrenken.

Charlotte war unsichtbar.

Sie schlenderte zu einer der Bänke und setzte sich. Niemand sonst saß; alle warteten ungeduldig auf den Zug. Charlotte stellte sich vor, sie spielte eine Rolle in einem Film. Die Rolle einer total entspannten Zwölfjährigen. Ganz ähnlich der

Rolle, die sie in der Bibliothek gespielt hatte, als Bridget sie als Klette bezeichnet hatte.

Sie tippte mit den Schuhspitzen auf den Betonboden.

Die Bank sah ganz ähnlich aus wie die in der Schule, auf der sie morgens immer mit Bridget saß.

Gesessen *hatte* jedenfalls.

Alle Erwachsenen sahen gelangweilt und unglücklich aus.

*Ich hoffe, so sehe ich später mal nicht auch aus.*

*Oder tu ich das vielleicht jetzt schon?*

Sie hörte den Zug, bevor sie ihn sah. Sie spürte ein leises Rumpeln unter ihren Füßen, und im selben Moment sackte ihr das Herz aus dem Leib auf die Gleise, gerade als der Zug einfuhr und kreischend zum Halten kam. Sofort drängten alle Passagiere zu den Schiebetüren. Charlotte war sich unsicher, was sie tun sollte. Sollte sie sich in die Schlange einreihen, oder sollte sie schnell zu den offenen Türen laufen, vor denen niemand stand? Wieso sammelten sich alle Leute an derselben Stelle, wo doch drei Wagen weiter auch offene Türen warteten? Wussten die anderen etwas, was sie, Charlotte, nicht wusste?

Sie tat ein paar Schritte zu den anderen Wagen hinüber, kehrte dann aber wieder um und stellte sich an. Es musste doch einen logischen Grund geben, wieso niemand die anderen Türen benutzte, dachte Charlotte, bis endlich ein Mädchen mit einem Sweatshirt vom Swarthmore College, ohne zu zögern, dort einstieg. In dem Moment begriff Charlotte, dass es nur einen Grund gab, weswegen Menschen sich alle vor denselben Türen drängten: Sie taten es, weil alle es taten.

*Wie eine Schafherde,* dachte Charlotte.

Trotzdem blieb sie, wo sie war. Inzwischen hatten sich hinter ihr weitere Leute angestellt, und gleich würde sie einsteigen können. Sie rieb sich über den Hals, um den Schweiß wegzuwischen, und schon ging es wieder vorwärts.

Sollte sie das jetzt wirklich tun?

Ob ihre Mutter inzwischen wach war? Stand ihre Mutter vielleicht hinter ihr in der Schlange, um sie jeden Moment zurückzuzerren?

Sie setzte sich auf einen Platz und hoffte, dass niemand sich neben sie setzen würde, doch zwei Haltestellen weiter kam ein heftig nach Rasierwasser riechender Typ im Anzug. Charlotte spürte den prickelnden Geruch sogar auf der Zunge. Sie lehnte den Kopf ans Fenster, schloss den Mund und betrachtete einen Vorort von Philadelphia nach dem anderen – Primos, Clifton, Gladstone.

Sie war atemlos, aber warum? Hatte sie Angst? Reisefieber? War sie nervös? Überrascht?

Vielleicht etwas von allem.

Falls jemand sie fragen sollte: Sie war auf dem Weg in die Stadt, um sich dort mit ihrem Vater zu treffen. Ihre Eltern hatten sich kürzlich scheiden lassen, und ihr Vater war wegen einer Konferenz in Philly. Da dies der einzige Tag war, den sie gemeinsam verbringen konnten, musste sie heute den Unterricht versäumen. Sie würden sich im Kunstmuseum treffen und danach zusammen zu Mittag essen. Anschließend würde er zurückfliegen nach Cincinnati. Es war also die einzige Chance, sich zu sehen.

Der nächste Vorort: Lansdowne.

Der Schaffner kam durch die Schiebetür zwischen den Wagen. Er kontrollierte die Fahrkarten der Passagiere und gab Wechselgeld raus.

»Nächster Halt Fernwood!«, rief er mit dröhnender Stimme.

Er war groß und stämmig. Charlotte stellte sich vor, wie er sich über den mageren Rasierwassermann neben ihr beugte, die Augen zusammenkniff und sie anblaffte: *Was machst du hier ganz alleine im Zug, kleines Mädchen?*

Ihre Zunge und ihr Hals waren trocken, sie wünschte, sie hätte Wasser dabei. Sie wünschte, sie säße neben einer liebenswürdigen Großmutter. Dann würde sie sich zu ihr hindrehen und so tun, als gehörten sie zusammen.

Der Schaffner kam näher.

Der Zug rumpelte über die Gleise.

Jetzt stand der Schaffner neben ihrer Bankreihe. Charlotte hörte kaum etwas anderes als das laute Klopfen ihres Herzens. Schweißtropfen liefen ihr über den Nacken.

Der Rasierwassertyp zeigte seine Fahrkarte vor. Der Schaffner schaute Charlotte an. Er wartete darauf, dass sie etwas sagte. Aber vielleicht war er auch drauf und dran, sie an den Haaren vom Sitz hochzuziehen und die Polizei zu rufen. Sie konnte es nicht einschätzen, also blieb sie sitzen.

*Jetzt mach schon, Charlotte.*

Auf einmal musste sie dringend pinkeln.

Der Schaffner starrte sie an.

»Wohin?«, fragte er.

*Jetzt mach schon den Mund auf, du Dummchen.*

*Sprich.*

*Jetzt sag schon: Bahnhof 30. Straße.*

*Bahnhof 30. Straße.*

»Wohin?«, wiederholte der Schaffner. Er sah jetzt wirklich verärgert aus.

Der Rasierwassertyp schaute sie schräg von der Seite an.

Charlotte setzte sich gerade hin und reichte dem Schaffner das Geld. »Bahnhof 30. Straße«, sagte sie.

Sie war selbst erstaunt, wie völlig normal sie sich anhörte, so als machte sie das jeden Tag. *Ach so, natürlich, Bahnhof 30. Straße bitte. Ich habe dort beruflich zu tun.*

Der Schweiß verdunstete auf ihrer Haut. Die Hitze verschwand aus ihren Wangen.

Sie war Lottie Lock und fuhr zum Bahnhof 30. Straße. *Noch Fragen, Mister?*

Anscheinend nicht.

Der Schaffner gab ihr ein Ticket und etwas Wechselgeld und ging dann weiter.

# Das Leben aus Bens Sicht
# Teil XVIII

Ob Präsident Grants Herz auch so laut geschlagen hatte, bevor er eine große Rede hielt? Wie war das mit anderen Präsidenten? Franklin D. Roosevelt? Oder John Adams?

Ben stellte sich gern vor, dass die Antwort Ja lautete.

Die Jungentoilette war nicht gerade der ideale Ort, um für die Rede seines Lebens zu proben. Bei Eisenhower und Ford hingen wahrscheinlich keine halb zerbrochenen Seifenspender mit knallrosa Seife an den Wänden, wenn sie sich darauf vorbereiteten, vor dem Kongress zu sprechen, aber mehr hatte die Lanester Middle School nicht zu bieten. Es war noch eine Stunde hin bis zum Beginn der Veranstaltung, und Ben hatte es nicht geschafft, sich zu beruhigen. Von außen sah er sicher wie ein ganz normaler Junge aus, der durch den Flur lief, doch innerlich war er ein Nervenbündel. Jeder Teil von ihm zitterte. Nie zuvor hatte er so etwas erlebt. Im Rampenlicht zu stehen war nichts Neues für ihn. Er hatte schon vor großen Zuschauermengen Auszeichnungen entgegengenommen, hatte an Schülerwettbewerben teilgenommen oder vor zwei Jahren beim Potter Festival in Houston den Preis für das beste Cosplay gewonnen. Doch das heute war anders. Ben schritt vor den Urinalen auf und ab und dachte: Was habe ich mir da bloß eingebrockt? Warum eigentlich? Wie hat es angefangen? Er war doch noch gar nicht so weit. Vor vier Tagen erst hatte er den Entschluss gefasst, sich zu bewerben, und schon sollte er eine Rede halten. Insgeheim machte er Mrs. Carlile Vorwürfe, weil sie ihm erlaubt hatte, sich noch nachträglich einzuschreiben. Wieso tat sie so was? Warum konnte sie sich nicht einfach an die Regeln halten?

Wem wollte er eigentlich etwas vormachen?

Er hatte doch nicht einmal jemanden, der mit ihm am Tisch sitzen wollte. Wer sollte ihm denn da seine Stimme geben?

Er hörte auf, hin und her zu laufen, und starrte sich im Spiegel an.

»Jetzt hör auf mit diesen negativen Selbstgesprächen«, sagte er sich. »Du schaffst das schon.«

Er schüttelte beide Hände aus und ließ den Kopf langsam kreisen.

»Du musst dich einfach nur entspannen«, sagte er.

Er kannte seine Rede in- und auswendig. Es war eine gute Rede. Auf Augenhöhe mit der Gettysburg-Rede, jedenfalls was Mittelschulreden anging. Wenn er verlor, dann mit Würde. Er würde mit erhobenem Haupt abgehen. Nach dieser Rede würden sich alle an Ben Boxer erinnern.

»Du musst die Wahl nicht gewinnen«, flüsterte er. »Du musst nur einfach diese Rede gut hinter dich bringen. Dann ist es trotzdem ein Sieg. Dann ist es trotzdem Evolution.«

*Du bist ein Fink.*

*Du bist ein Fink.*

Die Tür zur Jungentoilette ging auf, und Ben tat so, als hätte er sich gerade die Hände gewaschen. Zwei Jungen kamen herein, die er beide noch nie gesehen hatte. Sie schauten auf seinen Anzug und kicherten.

»Bist du auf dem Weg in die Kirche oder so?«, fragte einer der beiden.

»St. Urinal!«, sagte der andere.

Ben trocknete sich die Hände ab und ging. Er hatte keine Zeit für diese Typen. Er musste sich seine Rede einprägen und seine Kehle befeuchten.

Er ging auf direktem Weg zum Wasserspender, füllte seine Flasche und atmete tief, tief durch.

*Ja, Ben Boxer. Du bist ein Fink.*

## Nur ...

Nachrichten aus dem Kaninchenbau: *In der Academy of Natural Sciences in Philadelphia gibt es ein über dreizehn Meter großes Dinosaurierskelett. Die Independence Hall, in der 1776 die Unabhängigkeitserklärung der Vereinigten Staaten von Amerika unterzeichnet wurde, hat jedes Jahr über 690 000 Besucher. Im Franklin Institute können Kinder durch ein riesiges Herz laufen.*

Charlotte war schon mit ihren Eltern in der Stadt gewesen, aber sie konnte sich nicht erinnern, dass es da so voll gewesen war. Als der Zug in den Bahnhof einfuhr, bewegten sich die Menschen wie ein riesiges Tier und rissen sie einfach mit sich. Einerseits fühlte sie sich, als würde sie komplett verschluckt und wieder ausgespuckt, aber andererseits war es auch toll. So als gehörte sie dazu. Als wäre sie eine erwachsene Frau auf dem Weg zur Arbeit. Vielleicht eine Kuratorin an der Academy of Natural Sciences oder jemand, der in der Independence Hall Führungen anbot, oder die Direktorin des Franklin Institute. *Aus dem Weg, Leute. Ich hab gleich ein Meeting.*

Sie schaute stur geradeaus, während sie den Bahnsteig entlangging. So als wüsste sie genau, was sie wollte. Ihr Herz krampfte sich zusammen, als sie an den Bettlern vorüberging, und rutschte ihr in die Hose, als sie an einem Polizeibeamten vorbeimusste. Doch gleich schlug es wieder fröhlicher, als sie die Bahnhofshalle betrat, dieses gewaltige, höhlenartige Gebäude, das so aussah wie aus einem alten Kinofilm.

Beim ersten Schritt auf den Bahnhofsvorplatz traf eine Windböe sie mitten ins Gesicht. Laut Plan war das jetzt der Moment, in dem sie in ein Taxi steigen sollte, und tatsächlich warteten dort auch etliche. Charlotte zögerte.

*Atmen, Charlotte. Einatmen. Ausatmen.*

War das jetzt der Punkt, an dem sie erwischt wurde? Sie stellte sich vor, was der Fahrer nach einem einzigen Blick auf sie sagen würde: »Warum bist du nicht in der Schule?« Dann würde er sie direkt zur nächsten Polizeiwache bringen. Stattdessen fragte er nur »Wohin?«, ohne sie eines zweiten Blickes zu würdigen.

»Zum Philadelphia Museum of Art, bitte«, sagte Charlotte.

War das in Ordnung, *bitte* zu sagen? Hätte ein Mädchen aus der Stadt das eher nicht gesagt?

Dem Fahrer schien nichts aufgefallen zu sein. Er steuerte das Auto vom Straßenrand in den Verkehr. Und sie war jetzt Lottie Lock. Die es gewohnt war, sich mit dem Taxi durch große Städte chauffieren zu lassen. Eine Figur aus einem Film, die Geheimnisse und wichtige Menschen kannte. Ein Mädchen, dem alles nur so zuflog.

Nur:

Da waren immer noch diese Schweißtropfen an ihrem Hals, und obwohl sie es nicht zugeben wollte – schon gar nicht vor sich selbst –, kamen ihr Zweifel. Sie fühlte sich wie ein Teil jener Zeichnungen in den Puzzlebüchern, die sie als Grundschülerin so geliebt hatte. *Ein Teil in diesem Bild passt nicht zu den anderen. Welches ist es? Die Antwort findest du auf Seite 100. Die richtige Antwort lautet: Charlotte Lockard.*

## Das Leben aus Bens Sicht
## Teil XIX

Es wäre eine große Rede gewesen.

Die Zuhörer hätten gejubelt.

Alle wären aufgestanden.

Sie hätten die Fäuste in die Luft gereckt und seinen Namen gebrüllt.

Über Lautsprecher wäre seine Rede in jeden Winkel der Turnhalle gedrungen, hätte Zuversicht verbreitet und Hoffnung auf eine leuchtende Zukunft an der Lanester Middle School. Seine Stimme hätte den Geruch von schmutzigen Turnschuhen und Basketbällen vergessen lassen und den Beginn einer neuen Zeit markiert: der Zeit, in der Ben Boxer die Dinge in die Hand nahm.

Alle hätten sie begriffen, wie sehr sie sich getäuscht hatten. Wie falsch sie ihn eingeschätzt hatten.

Am Tag vor seiner Rede war er durch die Gänge gelaufen und hatte festgestellt, dass einige seiner Plakate mitten durchgerissen worden waren. Wie schlaffe Luftballons hingen sie hoffnungslos von der Wand herunter. Aber Ben ließ sich davon nicht beeinträchtigen. Nein, denn in diesem Moment hatte er seine Rede noch vor sich. Noch hatte er die Gelegenheit, die anderen für sich zu gewinnen. Bald würden sie merken, wie dumm es von ihnen gewesen war, sich über sein Logo und seine Ideen lustig zu machen, hatte er gedacht. Da war sein Anzug noch makellos gewesen.

Doch das war vorher gewesen.

Jetzt befanden sich Hose und Jacke neben ihm in einer Plastiktüte. Er selbst saß zusammengesunken auf einem Stuhl im Sekretariat, in einer riesigen Turnhose, die Mrs. Carlile aus irgendeiner erbärmlichen Schublade für Fundstücke gezogen hatte. Die Shorts stanken nach Schweißfüßen, und er musste sie mit der Hand oben am Bund zusammenhalten, damit sie ihm nicht auf die Knöchel hinunterrutschten. Was alles noch schlimmer machte: Er hatte weiter seine polierten Lederschuhe an. Ohne Socken. Die lagen auch in der Plastiktüte.

Er stützte den Kopf in die Hand und stellte sich vor, wie es hätte sein können.

Erst hätten alle Schüler auf ihren Plätzen rumgehampelt, doch dann hätten sich alle Augen gebannt auf ihn gerichtet. Er wäre ihr John F. Kennedy gewesen: Frag nicht, was dein Land für dich tun kann. Ihr Abraham Lincoln: Ein in sich geteiltes Haus kann nicht bestehen. Ihr Franklin D. Roosevelt: Das Einzige, was wir fürchten müssen, ist die Furcht selbst.

»Deine Mutter ist auf dem Weg hierher, um dich abzuholen«, sagte Mrs. Carlile. »Brauchst du irgendetwas?«

Er wollte sie nicht ansehen, weil er wusste, wie mitleidig ihre Miene wäre, und Mitleid war das Letzte, was er jetzt brauchen konnte. Er wollte Trost finden in seinem weichen Bett, sich die Decke über den Kopf ziehen und sich unsichtbar machen. Ein merkwürdiges Gefühl: Nie zuvor hatte er den Wunsch gehabt, unsichtbar zu sein. Im Gegenteil, immer hatte er im Rampenlicht stehen wollen.

*Sieht so aus, als hätte sich dein Wunsch erfüllt,* dachte er.

Er versuchte, wenigstens den Kopf zu schütteln, antworten konnte er nicht, für jede direkte Kommunikation fehlte ihm die Kraft. Er lauschte weiter der jubelnden Menge in seinem Kopf. Stellte sich vor, wie sie über seinen Witz lachten, den er immer wieder geprobt hatte. (*Pause für Gelächter,* hatte er in seinem Redemanuskript notiert.)

Als seine Mutter eintraf, saß er noch immer in derselben zusammengesunkenen Haltung da. Als sie ihn sah, runzelte sie die Stirn. Er spürte ihre Verwirrung. *Was ist los mit meinem perfekten Pfirsich?*

»Ben?«, sagte sie.

Er rührte sich nicht. Sobald er aufstand, würde alles real werden. Und das wollte er nicht, dass es Wirklichkeit würde. Er wollte gegen die Wand anrennen und Teil des Schulgebäudes werden.

»Die Schulleiterin würde gerne kurz mit Ihnen beiden sprechen, bevor Sie aufbrechen«, sagte Mrs. Carlile zu seiner Mutter. »Ich bringe Sie hin.«

Die Sekretärin und Bens Mutter gingen hinüber zum Büro der Schulleitung.

*Was passiert da drin, was hier nicht passiert?*

*Jetzt wirst du es wohl herausfinden, Ben Boxer.*

*Mister Fink.*

# Immer geradeaus

Nachrichten aus dem Kaninchenbau: *Es ist erwiesen, dass die Betrachtung von Kunst sich positiv auf die Gefühlslage von Menschen auswirkt. Sie kann ihnen neue Impulse geben und Heilung bringen. Kunst ist ein wesentlicher Bestandteil einer gesunden Gesellschaft.*

In der Kunst ginge es darum, dass man etwas fühlte. Das sagte ihr Vater immer.

»Kunst ist ein Teil unseres Alltags, man muss nur die Augen aufhalten«, hatte er gesagt und sie dabei auf einen Riss im Gehweg, ein Graffito an der Wand oder ein Büschel Wildblumen hingewiesen, die mitten auf einem Parkplatz aus der Erde kamen. Charlotte fand das seltsam, dass ihr Vater in allem eine tiefere Bedeutung sah. Wildblumen waren Wildblumen. Graffiti waren Graffiti. Und der Riss im Gehweg, der kam von Baumwurzeln, die sich nach oben ausbreiteten.

Mrs. Lockard fand die Sicht ihres Mannes auf die Welt übermäßig romantisch. Charlottes Mutter vergrub sich in Zahlen, Fakten und Forschungen. Als Charlotte sie einmal gefragt hatte, wie es möglich sei, dass ihre Eltern sich trotzdem so gut verstanden, hatte ihre Mutter geantwortet: »Einer von beiden muss auch nach vorn schauen und nicht zu den Wolken hinauf.«

Vielleicht hatte ihr Vater ja recht. Doch als Charlotte die gewaltige Treppe zum Kunstmuseum hochlief, fühlte sie sich nur klein.

Sie kannte Chlorophyll, Isotopen und Erosion. Sie wusste, dass Gesteinssedimente aus Material der Erdoberfläche bestanden, das sich abgelagert und zementiert hatte. Und als sie jetzt vor den Bildern von van Gogh und Gauguin stand, da sah sie nichts weiter als Farbe auf Leinwand. Besonders interessant war das nicht, keine Wissenschaft, nichts, was sie unter ein Mikroskop legen oder aus der Erde ausgraben konnte.

Sie hätte besser aufpassen sollen, wenn ihr Vater ihr etwas erklärt hatte. Hätte öfter Scrabble mit ihm spielen sollen.

Hätte sich trauen sollen, ihn im Krankenhaus zu besuchen.

## Das Leben aus Bens Sicht
## Teil XX

»Man hätte schwören können, dass es Gewehrsschüsse waren, aber tatsächlich waren es Knallerbsen«, sagte Mrs. Yang, die Schulleiterin, eine Frau mit einem freundlichen Gesicht. Hätte Ben sich mehr wie er selbst gefühlt, dann hätte er sie nach den Fotos in ihrem Bücherregal und den Diplomen an ihrer Wand gefragt. Stattdessen saß er nur da und starrte auf eine Kerbe in ihrem Schreibtisch, die ihn an das Dunkle Mal bei Harry Potter erinnerte. *Wie passend,* dachte er.

Links von ihm saß Mrs. Carlile, rechts seine Mutter. Alle Augen ruhten auf ihm.

Mrs. Yang runzelte die Stirn. »Sie warfen sie auf die Bühne, genau in dem Moment, als Ben mit seiner Rede begann. Sie saßen in der ersten Reihe, direkt vor dem Podium.«

»Wen meinen Sie mit ›sie‹?«, fragte Mrs. Boxer.

»Theo Barrett, Derrick Vass und David Landry«, sagte Mrs. Yang.

»Außerdem Sherry Bertrand«, fügte Mrs. Carlile hinzu. »Lauter kleine Tyrannen.«

»Es hätte ein totales Chaos ausbrechen können, wegen der

Explosionen und alldem. Ein paar Kinder schrien auch auf, aber zum Glück bekamen das nicht alle mit, und Ms. Abellard hat sofort richtig gehandelt. Sie hat begriffen, dass es nur Feuerwerkskörper waren, und hat verhindert, dass es zu einer wirklichen Katastrophe kam.«

*Nur Feuerwerkskörper,* dachte Ben. Das Wörtchen *nur* grub sich ihm unter die Haut.

»Ich verstehe nicht«, sagte Bens Mutter. Ben hätte seine Mutter einerseits gern umarmt und ihr andererseits gern den Mund zugeklebt. Er sank tief in seinem Stuhl zusammen und starrte weiter auf die dunkle Kerbe in der Schreibtischplatte. Er beschloss, einfach an etwas anderes zu denken. Aus welchem Holz mochte Mrs. Yangs Schreibtisch sein – Eiche oder Kiefer? Woran erkannte man den Unterschied? Vielleicht war es auch Kirschbaum …

»Sie haben die Knallerbsen genau in dem Moment auf die Bühne geworfen, als Ben loslegen wollte«, sagte Mrs. Yang. Ihre Stimme klang zögerlich, so als sollten ihre Worte so sanft wie möglich landen.

»Wurden die Reden der anderen Kinder auch gestört?«, fragte Bens Mutter.

Eine Pause entstand. Eine scheinbar endlose, schwer lastende Pause.

»Nein«, sagte Mrs. Yang. »Nur Bens.«

Ben hörte, wie seine Mutter tief ausatmete.

»Mehrere Kinder haben einen Riesenschrecken bekommen.« Mrs. Yang schwieg kurz, dann fuhr sie fort: »Und Ben war sicher ohnehin schon nervös bei dem Gedanken, vor der ganzen Schule eine Rede zu halten.«

Er hatte das Gefühl, keine Luft zu bekommen.

Mrs. Carlile beugte sich vor und legte ihm eine Hand auf die Schulter. Ben hätte sie am liebsten abgeschüttelt. Sie fühlte sich an wie glühende Kohle.

»Die vier Jugendlichen wurden sofort ins Büro gebracht«, fuhr Mrs. Yang fort. »Eine der Lehrerinnen bemerkte, dass mit Ben etwas nicht stimmte. Sie ging auf die Bühne und machte eine Ansage, dass alle Ansprachen auf später verschoben würden.« Mrs. Yang griff nach einem Stift und legte ihn gleich wieder hin. »Dann hat sie Ben weggeführt. Ich glaube nicht, dass irgendjemandem etwas Ungewöhnliches aufgefallen ist.«

*Falsch,* dachte Ben. Einige hatten es bemerkt. Er hatte ihr Lachen und Kichern doch gehört. Es reichte, wenn auch nur ein Mensch etwas gesehen hatte. Ms. Abellard hatte sich nach Kräften bemüht, ihn vor den Blicken der anderen abzuschirmen, aber so ganz ging das natürlich nicht.

Ein einziger Mensch. Mehr ist nicht nötig.

»Schülerinnen und Schüler der Lanester Middle School –« Weiter war er nicht gekommen.

Nie wieder würde er sprechen.

Seine Lippen waren zugeklebt.

Ein peinliches Schweigen breitete sich aus, schwoll immer mehr an, erfasste Ben und drohte ihn zu ersticken, bis es auf einmal unterbrochen wurde durch ein leises, aber doch unüberhörbares Klingeln.

Es war sein Handy, das in seiner Hose steckte, die in der Plastiktüte zu seinen Füßen lag. Als Ben sich nicht rührte, tastete Mrs. Carlile zwischen den Sachen herum, um das Gerät zu finden. Einerseits tat sie ihm schon ein bisschen leid, dass sie ihre Hand mitten zwischen seine feuchten Sachen stecken musste, um das Klingeln abzustellen, während er selbst einfach dasaß. Andererseits war er unfähig, sich zu rühren.

»Eine Nummer aus Pennsylvania«, sagte sie leise.

Eigentlich durfte man kein Handy in die Schule mitbringen. Tat man es doch, dann mussten die Geräte zumindest ausgeschaltet und weggepackt sein. Ben hatte sich nie daran gehalten; tagsüber rief ihn sowieso nie jemand an oder schickte ihm eine Nachricht. Er fragte sich, ob er wohl einen Tadel bekommen würde. *Ben Boxer, mir ist klar, dass du der größte Vollidiot der Schule bist – was heißt hier der Schule, des ganzen Schuldistrikts – nein, des ganzen Staates, die größte Lachnummer, aber Handys sind nun einmal nicht erlaubt.*

Das Telefon hörte auf zu klingeln, fing aber nach kurzer Pause wieder an. Das war aber nicht Lotties Nummer.

Ben wollte mit niemandem sprechen. Am liebsten wäre er ein Teil des Teppichs oder von Mrs. Yangs Schreibtisch geworden. Aber Lottie Lock hatte heute die Schule geschwänzt. Sie wollte mit dem Zug in die Stadt fahren.

»Du hast eine SMS bekommen«, sagte Mrs. Carlile. »Hier steht, dass es sich um einen Notfall handelt.«

Das Wort *Notfall* führte dazu, dass aus dem peinlichen Schweigen im Raum spürbare Nervosität wurde. Wieder klingelte das Telefon.

»Kennst du irgendjemanden in Pennsylvania?«, fragte seine Mutter.

»Ja«, sagte Ben. Er nahm das Telefon und meldete sich.

## Strammstehen

Nachrichten aus dem Kaninchenbau: *Stillleben des niederländischen Malers Vincent van Gogh aus unterschiedlichen Jahren haben Sonnenblumen zum Thema. Die früheren (von 1887) zeigen sie am Boden. Die späteren (eine Serie von 1888) zeigen Sonnenblumen in einer Vase.*

Wieder stand Charlotte vor den Sonnenblumen.

Sie hatte Gauguin besucht, Degas gesehen und Dutzende von Porträts und Skulpturen ganz genau betrachtet. Mit den Händen auf dem Rücken, genau wie ihr Vater das in Museen tat. Doch aus irgendeinem Grund, sie wusste selbst nicht warum, kehrte sie immer wieder zu van Gogh zurück. Sie schaute sich sein Bild so genau an, wie sie konnte.

Sie legte den Kopf nach links. Sie legte den Kopf nach rechts.

Sie sah ein Gemälde, auf dem Sonnenblumen abgebildet waren. Farbe auf Leinwand. Das war's.

Der Saal war fast leer, bis auf ein paar ältere Paare, die ebenfalls die Hände auf dem Rücken hielten und langsam von Bild zu Bild gingen, sowie einen Mann in einer Uniformjacke, der die Besucher beobachtete.

Charlotte trat näher heran.

*Vase mit zwölf Sonnenblumen.*

Das war der Titel des Gemäldes. Und das war auch genau das, was Charlotte sah.

Sie ging noch näher heran und beugte sich vor.

»Du musst immer mindestens einen Fuß Abstand zwischen dir und dem Kunstwerk lassen«, sagte der Mann in der Uniformjacke, der plötzlich neben ihr aufgetaucht war.

Charlotte richtete sich kerzengerade auf, wie ein strammstehender Soldat. »Oh.«

Weil der Wachmann sie jetzt gar nicht mehr aus den Augen ließ, so als wäre sie eine Verbrecherin, konnte Charlotte das Bild gar nicht mehr in Ruhe anschauen. Dieser ganze Ausflug war ein Fehler gewesen. Wegen der vielen Stufen im Museum tat ihr die Wunde am Knie weh. Außerdem hatte sie plötzlich ein schlechtes Gewissen, weil sie die Schule schwänzte. Sie war gar kein anderer Mensch. Sie war nicht Lottie Lock oder jemand aus einem Film. Sie war das Mädchen aus dem Puzzle, das nicht ins Bild passte.

Das überhaupt nirgends hinpasste.

Sie wusste nicht mehr, wer sie war.

Außerdem hatte sie Hunger. Sie hatte nicht daran gedacht, sich etwas zu essen mitzunehmen.

»Du kommst immer wieder zurück zu diesem Gemälde«, sagte der Museumswärter, auf dessen Namensschild *Joseph* stand. Er erinnerte sie an ihren Vater, nur dass er älter war. Dabei hatte ihr Vater dunkelbraune Augen und ein längliches Gesicht, und so sah dieser Mann gar nicht aus. Trotzdem gab's da irgendeine Ähnlichkeit. Oder vielleicht auch nicht.

»Ich wollte …«, begann Charlotte. »Ich warte darauf, dass ich irgendetwas fühle.«

Sie hörte sich irgendwie blöd an, fand sie, doch Joseph nickte, so als verstünde er genau, wovon sie sprach.

»Aber ich sehe einfach nur Sonnenblumen«, sagte Charlotte.

»Nun ja, das sind sie ja auch«, sagte Joseph.

Genau genommen fühlte sie sogar etwas. Sie hatte das Gefühl, sie hätte ihren Vater zu Red's einladen sollen. Das Gefühl, sie hätte heute zur Schule gehen sollen, damit Magda nicht alleine den Seestern sezieren musste.

»Manche Menschen sehen die Dinge einfach so, wie sie sind«, sagte Joseph. »Dagegen ist nichts zu sagen.«

»Aber wie machen –« Charlotte brach ab. Sie hörte das entschiedene *klack klack klack* von Absätzen auf dem Boden des Saals. So lief jemand, der ein festes Ziel hatte.

Ihre Mutter.

Charlotte fühlte sich auf einmal ganz leer. Zur Schau gestellt. Dumm. Ängstlich. Den Gesichtsausdruck ihrer Mutter konnte sie nicht deuten. Den hatte sie noch nie zuvor gesehen. Sie hatte ihre Mutter auch noch nie so schnell laufen sehen. Das Echo ihrer Schritte hallte von den Wänden wider.

Charlotte öffnete den Mund, aber ihre Stimme war einfach weg. Ihr Hals war zugeknotet.

*Mein Vater ist tot.*

Die Augen ihrer Mutter glänzten und waren gerötet.

*Deswegen weint sie.*

»Was machst du nur für Sachen?«, fragte Mrs. Lockard und zog Charlotte an sich. »Was wolltest du hier?«

»Ich wollte … Ich dachte …«, stotterte Charlotte, dann schlang sie die Arme um ihre Mutter und sagte: »Ich weiß es nicht.«

»Du hast mich zu Tode erschreckt.« Mrs. Lockards Stimme wurde durch Charlottes T-Shirt gedämpft.

*Konnte es sein, dass sie weinte?*

*Ihre Mutter weinte nie. Wenn aber doch, dann konnte es dafür nur einen Grund geben.*

»Ist Dad tot?«, fragte Charlotte. So hatte die Frage nicht herauskommen sollen, so hart, so lieblos. Aber wenn ihr Vater tot war, dann musste sie es jetzt sofort wissen.

Ihre Mutter ließ sie los. Ihre Augen glänzten noch immer. »Nein! Oh nein. Er ist nur – verlegt worden, in sein neues Zimmer. Und er hat nach dir gefragt.«

»Wirklich?«

»Natürlich«, antwortete Mrs. Lockard und schniefte leise. »Deswegen bin ich auch nur zu deiner Schule gefahren. Um dich abzuholen. Und da habe ich erfahren –«

Charlotte konnte sich die Szene lebhaft vorstellen, die verwirrte Miene der Mutter, als die Sekretärin Mrs. Lockard mitteilte, dass die Tochter gar nicht in der Schule erschienen sei.

Die Tränen, die jetzt kamen, galten ihrer Mutter, nicht ihrem Vater.

»… dass du nicht in der Schule warst«, fuhr Mrs. Lockard fort. »Dass du überhaupt nicht erschienen bist. Ich war so verwirrt.« Sie atmete tief durch. »Ich habe Bridget gefragt, aber die sagte, sie habe keine Ahnung. Sie habe nicht mit dir gesprochen.«

»Du hast Bridget gefragt?«

Doch dann erinnerte Charlotte sich an die Nachricht, die sie ihrer Mutter hinterlassen hatte.

Mrs. Lockard nickte. »Ich hab dann nachgesehen, mit wem du Handykontakt hattest. Ich war total in Panik. Kinder sind heute so vielen Gefahren ausgesetzt …« Sie schaute zu Joseph hinüber, so als wollte sie sagen: *Sie wissen, was ich meine, nicht wahr?* Er nickte. »Als ich dann immer wieder diese Nummer in Louisiana sah, dachte ich, du wärst durchgebrannt. Mit irgend so einem Irren aus dem Internet.«

Bei dem Gedanken, Ben könnte ein Irrer aus dem Internet sein, musste Charlotte lächeln, auch wenn jetzt nicht der passende Moment dafür war. Oder vielleicht war er das doch, denn nun lächelte ihre Mutter auch. Sie sah sich um, so als würde ihr gerade erst bewusst, wo sie sich befanden.

»Warum bist du hergekommen, Charlotte, ausgerechnet hierher?«

»Ich wollte nur ….«, begann Charlotte. »Ich wollte …«

*Ich wollte irgendetwas fühlen.*

Ihre Mutter nahm ihre Hand und drückte sie fest.

»Dann lass uns jetzt gehen, ja? Lass uns deinen Vater besuchen.«

## Das Leben aus Bens Sicht
## Teil XXI

So eine Demütigung machte müde, aber diese Müdigkeit hatte ihm immerhin einen tiefen, tiefen Schlaf gebracht – so tief, dass ihm der Schädel brummte, als er aufwachte, und sein Mund sich wie Pergamentpapier anfühlte. Er lag genauso da, wie er zusammengebrochen war, und sein erster Gedanke war, er müsse unbedingt ein Glas Wasser trinken. Doch dann dachte er wieder an all das Wasser, das er vor seiner Rede getrunken hatte und … Er schob den Gedanken weg. Streckte sich. Zwinkerte ein paarmal.

Er fühlte sich merkwürdig. Er war noch nie ein Anhänger des Mittagsschlafs gewesen, auch wenn mehr als 85 Prozent aller Säugetiere zu den Spezies mit polyphasischem Schlafrhythmus gehören, das heißt, sie schlafen im Lauf des Tages häufiger, aber immer nur kurz. Was Ben brauchte, das waren eine schöne warme Dusche und ein schönes neues Leben. Aber erst wollte er sich lieber noch mal auf die Seite drehen und weiterschlafen.

Doch bevor ihm das gelang, klopfte es an der Tür, und jemand trat ein.

Er hatte vergessen abzuschließen.

*Stöhn.*

»Ben.« Sein Vater war da. Na, toll! Was machte der überhaupt hier? Wie spät war es? Hatte er mitten am Tag seinen Arbeitsplatz verlassen, um in aller Eile herzukommen, um seinen enttäuschenden Sohn zu trösten?

Das Bett gab nach, als sein Vater sich setzte.

»Weißt du …«, begann sein Vater. »Robert Frost hat einmal gesagt: In drei Worten kann ich alles zusammenfassen, was ich über das Leben weiß: Es geht weiter.«

*Großartig*, dachte Ben. *Damit wären ja alle meine Probleme gelöst.*

»Es kommt vor, dass Menschen etwas passiert, was sie nicht verdient haben«, fuhr sein Vater fort. »Manchmal tun andere Menschen dumme Dinge, die sich auf Menschen ihrer Umgebung auswirken, und es fühlt sich wirklich unfair an.«

Pause.

»Weißt du, warum es sich so unfair anfühlt?«

Ben schwieg. Die Stimme seines Vaters hörte sich schwer und fremd an. Das Gleichgewicht im Raum war gestört.

»Weil es das ist«, antwortete sein Vater. Pause. »Franklin Roosevelt hatte Kinderlähmung, wusstest du das?«

Jetzt griff er aber wirklich nach dem letzten Strohhalm, oder?

»Logo«, murmelte Ben in sein Kissen. Er wollte den Kopf nicht heben, weil er den Gesichtsausdruck seines Vaters nicht sehen wollte. Außerdem war es ihm sowieso egal. »Das weiß ja wohl jeder.«

Noch nie hatte er in diesem schnippischen Ton mit seinen

Eltern gesprochen, aber heute war er wütend und traurig und gedemütigt und einsam, und irgendwie mussten all diese Gefühle sich Luft verschaffen.

»Stimmt, so weit wissen das die meisten Menschen«, fuhr sein Vater fort. »Aber hast du auch gewusst, dass er auf Schritt und Tritt gegen die Lähmung ankämpfte? Er versuchte jede Therapie, die er finden konnte. Er gründete sogar Hydrotherapiezentren für die Behandlung von Polio. Er gründete die Organisation *March of Dimes,* die Möglichkeiten zur Heilung von Kinderlähmung sowie Vorbeugemaßnahmen erforschen sollte.«

Ben schloss die Augen. *Lass mich in Ruhe. Ich will einfach nur schlafen.*

Aber sein Vater sprach immer weiter.

»Roosevelt war nicht nur klug. Er war, was man heute resilient nennt, das heißt, er hatte große Widerstandskraft.« Die Matratze hob sich wieder ein Stück, als Mr. Boxer aufstand und zur Tür ging. »Ich wette, er war ein Ravenclaw.«

Ben rührte sich nicht.

Er wollte nur in alle Ewigkeit schlafen.

Er wollte sich vorstellen, er sei ein anderer.

Er wollte weiter auf seinen Vater wütend sein, denn auf irgendwen musste er wütend sein.

Doch dann öffnete er die Augen.

»Übrigens«, sagte Mr. Boxer, während er schon die Zimmertür öffnete. »Wer ist dieses Mädchen, Charlotte?«

Ben hob den Kopf und schaute seinen Vater an.

»Der Mensch, den ich anrufe, wenn ich im Lotto gewinne«, sagte er.

# Schierling

Nachrichten aus dem Kaninchenbau: *Sokrates trank einen Becher Tee, in den man zuvor Schierling gegeben hatte. Im antiken Griechenland war das eine übliche Methode, um verurteilte Gefangene zu vergiften. Seine letzten Worte waren angeblich: »Wir schulden dem Asklepios noch einen Hahn. Vergiss nicht, ihm den zu erstatten.«*

Das Erste, was Charlotte wahrnahm, als sie das Zimmer betrat, war der Duft von Blumen. Damit hatte sie nicht gerechnet. Freunde und frühere Kollegen ihres Vaters hatten sie geschickt, und nun standen sie auf dem Nachttisch und auf dem Fensterbrett. Erwartet hatte Charlotte den Geruch von Medikamenten, ähnlich dem der Mittel, die Miss Schneider für Experimente benutzte. Und diesen unterbrochenen Pfeifton – piep – piep – piep –, den sie aus Krankenhausserien im Fernsehen kannte. Stattdessen war es ganz still.

Ihr Vater schlief gerade, und so setzte Charlotte sich auf den Stuhl an seinem Bett. Der abgenutzte Sitz war noch warm. Am Boden lag ein Stapel Zeitschriften – *Atlantic Monthly,*

*Smithsonian, Harper's.* Die konnten nur von ihrer Mutter sein.

Sie wollte ihren Vater nicht wecken, und so konzentrierte sie sich auf die Falten in seiner Decke und die Schläuche, über die er Infusionen erhielt. Er sah gar nicht so kränklich aus, wie sie befürchtet hatte. Genau genommen sah er gar nicht krank aus. Er schlief einfach.

Waren seine Haare immer schon so weiß gewesen?

Doch, solange Charlotte sich erinnern konnte. Zahllose Male hatte ihre Mutter ihr erzählt, dass seine Haare einmal blond gewesen waren, rötlich blond. Doch schon während Charlottes Grundschulzeit hatte ihr Vater fast völlig weiße Haare gehabt.

Charlotte fragte sich, ob ihre eigenen Haare auch irgendwann weiß werden würden. Schwer vorstellbar.

»Hey«, sagte ihr Vater und blinzelte. Dann gähnte er. »So eine Überraschung! Du hier!«

»Mom holt gerade Kaffee«, sagte Charlotte. Sie hatte erklären wollen, wieso sie nicht früher gekommen war. Stattdessen hielt sie ihm einen Zweig hin, den sie unterwegs vom Boden aufgehoben hatte.

»Sieh mal«, sagte sie.

Ihr Vater rieb sich die Augen, setzte seine Lesebrille auf und legte den Kopf zur Seite, um den Zweig mit den Nadeln genauer anzusehen.

»Kanadische Schierlingstanne«, sagte er.

Charlotte schwieg erschrocken. Auf einmal spürte sie ein Brennen in ihren Fingern. »Wurde damit nicht Sokrates umgebracht, mit Schierling?«, brachte sie endlich hervor.

Auch das hatte sie gelesen, als sie wieder einmal in ihren Kaninchenbau gefallen war. Von Kleopatra war sie irgendwie auf Sokrates gekommen und von Sokrates auf Schierling. Der Schierling ist in all seinen Teilen giftig, schon kleine Mengen können töten. Die Toxine blockieren die neuromuskulären Funktionen und lähmen so die Atemwege. Charlotte schloss und öffnete die Hände. War das Gift bereits durch ihre Haut gedrungen? Passierte dasselbe gerade bei ihrem Vater?

»Nein«, sagte er. »Beziehungsweise: Ja. Sokrates ist tatsächlich durch einen Schierlingstrank gestorben. Aber das war nicht dieser Schierling. Dieser ist absolut ungefährlich. Von dem kannst du unbesorgt Nadeln in den Tee tun. Er ist übrigens das offizielle Wahrzeichen von Pennsylvania.« Er zwirbelte den Zweig zwischen den Fingern.

»Wie ging's dir mit dem Seestern? Das war doch heute, oder?«

»Oh«, sagte Charlotte und zog die Stirn in Falten, weil sie an Magda dachte, die ohne Laborpartner dagestanden hatte. »Theoretisch ja. Aber ich war nicht in der Schule.«

»Ach nein?« Mr. Lockard zog beide Augenbrauen hoch. »Ich dachte, deine Mutter wollte zur Schule, um dich abzuholen.«

»Ich habe … geschwänzt, mehr oder weniger.«

»Du?«

»Ja, ich weiß. Das war blöd.«

»Und wo warst du? Was könnte allen Ernstes interessanter sein als die Mittelschule?«

Charlotte biss sich auf die Unterlippe. Sie dachte an die entsetzte Miene ihrer Mutter und die Wärme ihrer Arme, als sie sie im Museum an sich gedrückt hatte.

»Ich war im Kunstmuseum«, sagte sie. »Um mir die Postimpressionisten anzusehen.«

Einen Moment lang sagte ihr Vater gar nichts, doch dann lachte er laut und herzlich. Irgendwann hörte er auf, legte eine Hand auf die Brust und sagte, seine Operationswunde sei noch ein bisschen empfindlich, aber das sei es wert gewesen.

»Und? Was hattest du für einen Eindruck?«, wollte er wissen.

»Ganz ehrlich?«

Mr. Lockard nickte.

»Ein Haufen Farbe auf Leinwand.«

Mr. Lockard lachte wieder. »Du bist wie deine Mutter.«

Unter normalen Umständen hätte seine Bemerkung sie irritiert.

Sie hätte eine Gänsehaut bekommen.

Aber die Umstände waren nicht normal.

# SAMSTAG

reziprok, adj.: *wechselseitig reziproke Beziehung, reziproke Wirkung*

## Das Leben aus Bens Sicht
## Teil XXII

Ben war sich nicht sicher, wie man sich fühlen sollte, wenn man plötzlich ein zweites Zimmer besaß, und das in einer neuen Wohnung. Er versuchte, seine Gefühle zu analysieren und zu entscheiden, ob es die richtigen waren. Aber die Welt war eine andere geworden.

Seine Eltern ließen sich scheiden. Das regte ihn furchtbar auf.

Andererseits: Ob er wollte oder nicht – es gefiel ihm ganz gut in seinem Zimmer in der Wohnung seines Vaters, mit all den noch unausgepackten Kisten mit nagelneuen Bücherregalen, die darauf warteten, zusammengebaut zu werden.

Die Vorstellung, ein zweites Zuhause zu haben, auch wenn er selbst noch ein und derselbe war, die gefiel ihm.

War das Evolution?

Er trug die letzten Kisten herein und stellte sie neben dem Bettgestell auf. Später wollten sie noch im Bettengeschäft eine Matratze für ihn aussuchen. Was der Vater noch nicht wusste: Ben hatte vor, die beste Matratze auszuwählen, die er finden konnte. Laut Werbung und auch nach allem, was Ben im Internet gelesen hatte, war die beste Matratze eine, die sich der jeweiligen Körperform anpasste. Diese Marke war extrem teuer, und normalerweise hätte Ben deswegen Gewissensbisse gehabt, aber schließlich war es ja nicht seine Idee gewesen, ein zweites Zimmer für ihn einzurichten.

In Bens Welt musste alles logisch sein, und seine Überlegungen erschienen ihm durchaus logisch. Manche Dinge sind eben nicht gerecht, das sagte sein Vater doch selbst immer.

Ben stand mitten zwischen den Kisten, drehte sich im Kreis und betrachtete die kahlen Wände. Wie könnte er sie wohl dekorieren? Bisher roch das Zimmer noch nach frischer Wandfarbe und neu verlegtem Teppichboden.

Ein weiteres Plus: Zu der Wohnanlage gehörte ein Schwimmbad.

Bens Vater war in einem der Nebenzimmer damit beschäftigt, Umzugskisten auszupacken. Dazu hatte er ein uraltes Radio angeschaltet – seine Boom Box nannte er es – und hörte alte Rockmusik. Zum Glück, dachte Ben, sang er nicht lauthals mit.

»Vielleicht suche ich mir für die Wände in diesem Zimmer etwas ganz anderes. Etwas Wissenschaftliches«, sagte Ben laut zu sich selbst.

*Wie wäre es mit Landkarten?*, dachte er. Er liebte Karten.

Er fragte sich, was andere in seinem Alter sich wohl so an die Wände hängten.

Landkarten wohl kaum.

Ein weiteres Plus des neuen Zimmers: Es ging zur Straße hinaus, und gerade vor seinem Fenster sorgten Magnolien für

Schatten. Natürliches Licht war besser für die Synapsen im Gehirn. Ben zog die Vorhänge auf. Auch die waren nagelneu, und ein intensiver Geruch stach ihm in die Nase.

Während er auf den Bürgersteig vor dem Haus schaute, versuchte er, sich sein neues Leben in einer Wohnanlage auszumalen. Das Viertel gehörte zum selben Schulbezirk wie seine bisherige Adresse, und bis zu seiner Mutter war es auch nicht weit, weswegen er sich eigentlich in der Gegend auskannte. Doch im Moment hätte er ebenso gut auf dem Mars sein können.

Gerade näherte sich ein Junge auf dem Bürgersteig. Ben verrenkte sich den Hals.

Den kannte er doch!

Ben schob das Fenster hoch, und sofort drang ein Schwall feuchter Louisiana-Luft ins Zimmer.

»Hi!«, rief Ben. »Wyatt!«

Verwundert sah Wyatt sich um, bis er Ben endlich hinter dem Fliegengitter entdeckte. Er blieb stehen und kniff die Augen zusammen.

Bens Selbstvertrauen war sofort im Keller. Vor lauter Begeisterung, Wyatt da draußen zu entdecken, hatte er völlig seinen sozialen Rang vergessen. Vorher war er *nicht existent* gewesen, inzwischen war er auf *Pariah* gesunken. Ben wusste sehr gut, wie das Leben an einer Mittelschule funktionierte. Manche Leute waren einfach peinlich. Man wollte nicht gesehen werden mit diesem Jungen, der …

Mit diesem Ben Boxer.

»Das Leben geht weiter«, hatte sein Vater gesagt.

*Ich hoffe, es beeilt sich damit,* dachte Ben.

»Hi«, sagte Wyatt und kam über den Grünstreifen heran, bis er unter Bens Fenster stand. »Ich wusste gar nicht, dass du hier wohnst.«

»Tu ich auch nicht«, antwortete Ben. »Das heißt, doch. Ab heute.« Er zeigte mit dem Daumen über die Schulter nach hinten. »Ich helfe meinem Dad beim Einzug. Wahrscheinlich bin ich in Zukunft an den Wochenenden hier oder so.«

»Ich wohne auch hier«, sagte Wyatt. »Im Gebäude A.«

»Ich im Gebäude F«, sagte Ben, so als stünde Wyatt nicht direkt davor.

»Cool! Wir haben sogar ein Schwimmbad hier.«

»Cool.« Normalerweise sagte Ben nicht *cool*, aber gerade schien es ihm ganz passend.

Wyatt räusperte sich. »Tut mir leid, das mit deiner Rede. Theo und seine Kumpel sind totale Vollidioten.«

»Stimmt.« Ben fühlte, wie ihm heiß wurde im Gesicht.

»Die gute Nachricht ist, dass die Typen massiven Ärger gekriegt haben. Wenigstens etwas.«

»Wenigstens etwas.«

»Nur blöd, dass deine blütenweiße Anwesenheitsakte einen Makel bekommen hat. Offiziell hast du einen halben Schultag versäumt. Als Botschafter des Anwesenheitsbüros bin ich zutiefst enttäuscht.«

Ben lachte unsicher. »Na ja, ich glaube, für mich war's das erst einmal mit den öffentlichen Ämtern. Ich werfe meinen Hut nicht mehr in den Ring für irgendwelche Posten.«

Wyatt reckte einen Finger. »Frage: Hatte Theodore Roosevelt einen Hut auf, als er seine Präsidentschaftskandidatur ankündigte?«

Ben hatte gleich eine Gegenfrage parat: »Ist es in Ordnung, wenn ein Mathelehrer fünf gerade sein lässt?«

Wyatt tippte sich aufs Kinn. »Gute Frage, echt. Ich hab noch eine: Warum hat man einen Nasenflügel, wenn die Nase doch nie fliegt, sondern höchstens läuft?« Er schob beide Hände in seine Hosentaschen. »Also, war wirklich nett, so mit dir zu plaudern, durchs Fliegengitter, aber ich bin auf dem Weg zum Sonic, um mir ein Footlong Coney zu holen.«

»Ein …?«

Wyatt blinzelte, dann starrte er Ben mit gespielter Überraschung und offenem Mund an. »Hast du etwa noch nie ein Footlong Coney gegessen?«

»Ich war noch nie bei Sonic.«

*»Du warst noch nie bei Sonic?«*

»Meine Eltern finden Fastfood nicht so toll.«

Wyatt schüttelte den Kopf. »Was für eine elende Kindheit!« Er machte eine Handbewegung, als wollte er sagen: »Komm mit!«

»So eine Ungerechtigkeit kann ich nicht länger dulden. Ungerechtigkeit ist der Feind alles Guten.«

»Ganz deiner Meinung«, sagte Ben.

Er schloss das Fenster, flitzte ins Wohnzimmer, um seinen Vater um Geld zu bitten, und trat hinaus in die Wärme des Nachmittags.

## So wie der Himmel

Nachrichten aus dem Kaninchenbau: *Wissenschaftliche Studien haben gezeigt, dass eine geglückte, auf Gegenseitigkeit beruhende Freundschaft sowohl bei seelischem Leid als auch bei körperlichen Beschwerden Erleichterung bringt. Ein ausgewogenes Verhältnis von Geben und Nehmen gehört zu den wichtigsten Voraussetzungen für eine gelungene Freundschaft.*

Über Charlottes Kopf veränderte der Himmel seine Farben, während der Nachmittag langsam in den Abend überging. Charlotte lag mit angezogenen Knien auf der Gartenmauer. Als ihr Handy surrte, dachte sie, es sei Ben. Doch er war's nicht.

»Hi«, sagte Bridget. »Ich hab dich schon seit Tagen nicht mehr gesehen!«

Es ist merkwürdig mit besten Freundinnen: Zwischen ihnen fließt eine besondere Energie, sie haben ein besonderes Wissen voneinander. Sie können die Sätze der anderen beenden, die Gedanken der anderen lesen. Und obwohl Bridget nur einen einzigen Satz gesagt hatte, wusste Charlotte, dass dies der Anfang vom Ende war. Jahreszeiten wechseln, so wie die Farben des Himmels. Oder die Farben des Laubs. Bridget und Charlotte hatten geglaubt, sie würden für alle Zeiten beste Freundinnen bleiben, doch dann waren die Zeiten anders, als sie es sich gedacht hatten. Manchmal ist das Leben einfach nicht fair. Auch dann, wenn man nicht damit gerechnet hatte.

Aber manchmal hielt es auch Überraschungen bereit. So wie Ben Boot, von dem sie jetzt wusste, dass er eigentlich Ben Boxer hieß. Vor einer Weile hatte er MORGEN gelegt.

»Ich wollte nur mal hören, wie es deinem Vater geht«, sagte Bridget.

Ihre Stimme klang wie immer, aber es fühlte sich an, als hätten sie schon Jahre nicht mehr miteinander gesprochen. Dabei war es erst ein paar Tage her.

Zeit war ein merkwürdiger Begriff.

*Klette*, hatte Bridget gesagt.

Vielleicht eine Stunde hatte Charlotte auf der Mauer gelegen und die Ereignisse der Woche an sich vorüberziehen lassen und überdacht. In dieser Zeit hatte sie eine Entscheidung getroffen: Es war ihr egal.

Na gut, so ganz stimmte das nicht.

Vollkommen egal war es ihr nicht.

Aber so würde es nicht bleiben.

»Gut geht's ihm«, sagte sie. »Morgen darf er nach Hause.«

»Toll.«

»Ja.«

Es hatte eine Zeit gegeben, in der es kein Schweigen zwischen ihnen gab, weil jedes Schweigen sich sofort mit Kichern, Tratsch, Blödsinn oder auch tiefsinnigen, bedeutungsvollen

Fragen füllte. Aber da waren sie andere Menschen gewesen.

Was war da passiert? Und wann?

Vielleicht wäre ihr etwas aufgefallen, wenn sie achtsamer gewesen wäre, dachte Charlotte.

Oder vielleicht passierte so etwas ganz unbemerkt, ohne dass man etwas spürte. Wie bei diesen langsamen Erdbeben.

Bridget unterbrach das Schweigen. »Ich sollte mal Schluss machen. Sophie und ich wollen gleich ins Kino.« Sie zögerte kurz. »Willst du mitkommen?«

»Nee.«

Charlotte hörte, wie bei den Riveras die Tür zum Garten geöffnet wurde.

Ob das Mateo war?

»Dann viel Spaß, Bridget«, sagte sie. »Und schönen Gruß an Sophie.«

Sie beendete das Gespräch. Auf ihrem Bildschirm erschien die Scrabble-Seite. MORGEN. Sie legte ROT dazu. Nichts Großartiges, aber es funktionierte.

MORGENROT.

Sie richtete sich auf und streckte sich. Zum ersten Mal im Leben war sie erleichtert, Magda statt Mateo zu sehen.

»Hi«, sagte Magda. Sie hielt etwas in der Hand und kam quer durch den Garten auf Charlotte zu.

»Hi.« Charlotte schwang ein Bein über die Mauer. »Tut mir wirklich leid wegen gestern.«

»Wieso? Was war denn gestern?«

»Seesterne sezieren. Wir wollten doch Laborpartner sein.«

»Mach dir deswegen keine Gedanken«, sagte Magda. »Ich hab dann Val Paretti bekommen. Sie ist nett, aber sie wollte keinen der Arme aufschneiden, sodass ich alle fünf alleine sezieren durfte. Umso besser.«

Sie öffnete die Faust. »Ich hab bei uns im Garten was gefunden und dachte, du freust dich vielleicht.«

Charlotte erkannte den Gegenstand sofort. »Das ist Sphinx«, sagte sie. Sie schwang das zweite Bein über die Mauer und hüpfte hinunter. Zum ersten Mal stand sie in Mateos Garten, aber das war ihr in dem Moment nicht klar.

Sie nahm Sphinx aus Magdas Hand. »Das ist ein ägyptischer Quarz, den habe ich neulich aus dem Fenster geworfen. Ich bin so froh, dass du ihn gefunden hast.«

Beide beugten sich über den Stein, sodass ihre Haare nach vorn fielen.

»Warum hast du ihn aus dem Fenster geschmissen?«, fragte Magda.

»Ich weiß nicht. Vielleicht war ich wütend.«

»Auf mich wirkst du nicht wie jemand, der Sachen durch die Gegend wirft. Andererseits – mein Vater wirkt auch nicht wie der Typ, der Reality-TV schaut, aber genau das macht er, wenn er nicht arbeitet. Ständig. Das größte Geheimnis, das man an Menschen entdecken kann, ist nicht, was sie sind, sondern was sie nicht sind.«

»Sagte welcher Dichter?«

»Magda Rivera.« Magda tippte mit dem Finger auf Sphinx. »Nächstes Mal solltest du lieber mit etwas anderem schmeißen. Einer Socke oder so.«

Charlotte hob den Kopf und steckte Sphinx in die Tasche.

»Wie wär's«, sagte sie, »hast du Lust auf eine Partie Scrabble bei mir?«

»Klar.«

Als Charlotte das Spiel aus dem Schrank zog, wirbelte Staub auf, wenn auch nicht so viel, wie sie erwartet hatte. Sie nahm das Spielbrett heraus und trug es zum Esstisch. Magda folgte ihr.

»Bist du gut darin?«, fragte Magda und setzte sich auf den Stuhl vor dem Birnenbild.

»Ich bin aktuell die Nummer zwei auf der Rangliste beim Online-Scrabble«, sagte sie, während sie alles zurechtlegte. »Aber online spielen ist ganz anders, als wenn man sich gegenübersitzt.«

»Ich kann mich gar nicht erinnern, wann ich zuletzt ein Brettspiel gespielt habe.« Magda zog ein Ablagebänkchen zu sich heran und schüttelte dann den Sack mit den Buchstaben.

»Gesellschaftsspiele sind eine vergessene Kunst«, sagte Charlotte und setzte sich Magda gegenüber. Zwischen ihnen erstreckte sich das Spielfeld mit seinen Kästchen.

Nach den Regeln sollten zunächst beide Spieler einen Stein ziehen. Wessen Buchstabe weiter vorne im Alphabet vorkommt, beginnt.

Aber heute zeigte Charlotte nur auf den Beutel und lächelte Magda an. Irgendwie fühlte sie sich erleichtert.

»Du zuerst!«

# Inhaltsverzeichnis

WASHINGTON
MONTANA
NORTH DAKOTA
OREGON
IDAHO
WYOMING
SOUTH DAKOTA
NEVADA
NEBRASKA
UTAH
COLORADO
KANSAS
CALIFORNIA
ARIZONA
NEW MEXICO
OKLAHO
TEXAS